教え子とキスをする。

バレたら終わる。

著　扇風気　周

0．好きなもの：悪戯《いたずら》・悪い恋《こい》

現代社会において、「このひとだけは自分を裏切らない」と信じられる相手というのは、どういう関係の人物だろうか。

ひとによっては、家族と答えるかもしれない。友人だと言うかもしれない。恋人《こいびと》かもしれない。夫婦《ふうふ》だったら、妻や夫、子供と答える可能性もあるだろう。

俺はまだ独身だから、奥さんとは言えない。ついでに言えば、学生時代に付き合っていた彼女から「他に好きなひとができた」とフラれた苦い経験もあるので、恋人《こいびと》と言うのもためらわれる。

家族にも人並みに愛情はあるけど、「絶対に裏切らない相手」という観点で考えると、いまいちピンと来ない。

友達はそれなりにいたはずだが、卒業してからも密に連絡《れんらく》を取り合っている奴《やつ》は、今のところいない。職場の先輩《せんぱい》や同僚《どうりょう》と信頼《しんらい》を築けるほど、コミュ力は高くない。

そんな俺だけど、「こいつだけは、俺を裏切らないかもしれない」と思える相手はいる。

「先生、ちょっといいですか？」

時間は放課後だ。終礼を含《ふく》むホームルームが終わって、廊下《ろうか》を歩いているときに、後ろから声が掛《か》かった。

振《ふ》り返《かえ》ると、制服姿の桐原灯佳《きりはらとうか》が立っていた。冴《さ》えない太縁《ふとぶち》メガネのレンズ越《ご》しに、俺を真っすぐ見つめてきている。長い髪《かみ》が窓から差し込む光を受けて、一部が白く光っていた。

「視聴覚室《しちょうかくしつ》の鍵《かぎ》、一緒《いっしょ》に職員室へ取りに行ってもいいですか？」

鍵《かぎ》は、教師の監督《かんとく》の下でしか渡《わた》せないことになっている。

「授業で使ったディスク、先生が教室に忘れていったんですよ。戻《もど》しておこうと思って」

桐原《きりはら》は高校二年生で、生徒会長も務めている真面目な生徒だ。学業優秀《ゆうしゅう》で、学校サイドからの信頼《しんらい》も厚い。今年、春に赴任《ふにん》してきたばかりの俺とは大違《おおちが》いだ。

「わかった」と頷《うなず》いてやると、にこっ、と桐原《きりはら》が微笑《ほほえ》む。

「ありがとうございます」

軽く会釈《えしゃく》するように顎《あご》を引くと、長くて綺麗《きれい》な髪《かみ》がさらりと流れる。

桐原《きりはら》が隣《となり》に並ぶのを待ってから、職員室に向かって歩き出した。

「先生に返さず、自分で返すあたりが桐原《きりはら》っぽいな。気《き》が利くし、真面目だ」

「空気を読む力だけで生徒会長になったから、そうじゃないと務まらないです」

褒《ほ》められても謙遜《けんそん》せず、堂々としている。

自分に自信がある姿は、年下ながら立派なものだと思う。俺にはない姿勢だ。

職員室へ入って、鍵《かぎ》の保管場所へ向かう。

「お、桐原《きりはら》か。どうした？」

途《と》中《ちゅう》、男の先輩《せんぱい》教師が桐原《きりはら》に声を掛《か》けた。桐原《きりはら》は同じ説明を繰《く》り返《かえ》して、先輩《せんぱい》を唸《うな》らせる。

「相変わらず気《き》が利く奴《やつ》だ」

「いえ、そんなことないですよ」

さっきの俺と同じように褒《ほ》められたのに、今度は上手に照れてみせた。俺以外に対して、彼女は自信を大っぴらにしない。うまく使い分けている。視聴覚室《しちょうかくしつ》の鍵《かぎ》を受け取った桐原《きりはら》は丁《てい》寧《ねい》にお礼を言って、「生徒会の仕事が終わったあと、返しに来ます」と廊下《ろうか》へ出て行った。

「感心、感心。みんな、ああだと楽なんですがね」

先輩《せんぱい》教師の呟《つぶや》きに俺は苦笑《くしょう》する。同意と否定が半々の苦笑《くしょう》だ。

直後、ポケットの中でスマホが震《ふる》えた。画面を見ると、メッセージの通知が来ていた。差出人は「ＡＲＩＡ」。

『待ってるから、来てね』

「……学級日誌を書く前に、少し散歩してきます」

隣《となり》の席の先生に声を掛《か》けて、廊下《ろうか》に出る。

それから、ぐるりと遠回りをして職員室から視聴覚室《しちょうかくしつ》へ向かう。

散歩をするのは俺の趣味《しゅみ》だ。朝礼で自己紹介《しょうかい》をしたときに言ったから、生徒も先生たちもみんな知っている。からかってくる生徒はいるが、怪《あや》しんでくる奴《やつ》はいない。

視《し》聴覚《ちょうかく》室に到着《とうちゃく》したあと、ドアをそっと開く。鍵《かぎ》は開いていた。

入ったあと、スマホで『来た』とメッセージを返した。

「いらっしゃい」

メガネを外した桐原《きりはら》が、机の下からひょっこり現れる。用心深く隠《かく》れていたんだろう。彼女はそのままドアまで歩き、かちゃり、と内側から鍵《かぎ》を閉める。

これで、ここには誰《だれ》も入れない。

俺たちだけの密室だ。

「何回やってもドキドキするよねぇ」

くすくすと笑う桐原《きりはら》には、真面目な優等生っぽさがギリギリ残っている。

でも、悪い子の成分もだいぶ強めに出ていた。そして、メガネを外した桐原《きりはら》は目鼻立ちが整った美人さんだ。印象が全然違《ちが》う。

「あんまり繰《く》り返《かえ》すとバレるぞ……」

「大丈夫《だいじょうぶ》だよ。先生が授業で使ったディスク忘れてたのは、本当だし」

近付いてきた桐原《きりはら》は、俺の目の前に立つ。ワンテンポ置いたあと、ばふっ、と胸に頭を押し付けてくる。

「んー……先生の匂《にお》いだね。落ち着く」

二、三回すぅはぁしたあと、身体《からだ》を離《はな》す。

「学校で自分が受け持つ生徒と密会。……興奮する？」

「悲しいかな、それなりに」

「うんうん、正直でよろしい。先生もだいぶわかってきたね！」

「諦《あきら》めてきた、の間違《まちが》いだろ」

声は潜《ひそ》めているが、誰《だれ》かに聞かれやしないかとドキドキしていた。性的興奮よりも、社会的に抹殺《まっさつ》される恐怖《きょうふ》の方が、はるかに上回っている。

「ノリが悪いなぁ。さっさと割り切って楽しんじゃえばいいのに」

桐原《きりはら》は良《い》い形の唇《くちびる》を、にっ、ともっと良《い》い形に歪《ゆが》ませていく。やけに色気のある微笑《ほほえ》みだった。俺より年下のくせに。

「今日ね、ちょっとだけ香水《こうすい》つけてるの。お昼休み、カナちゃんが『会長もオシャレしましょうよ～』って、強引《ごういん》に……知ってるでしょ？　生徒会の後輩《こうはい》、カナちゃん」

言いながら、桐原《きりはら》の細い指が首元のスカーフに伸《の》びる。

桐原《きりはら》はそのまま、スカーフをほどく。

やめろ、と言うべきだったけど、その一言は俺の口から出ない。出せない理由があった。

黙《だま》っている間に、桐原《きりはら》は胸元《むなもと》を大きく開く。

瑞々《みずみず》しい肌《はだ》と、少しだけ下着が見えた。着やせするタイプだから、服をむいた桐原《きりはら》は大人の身体《からだ》と比べても全然、見劣《みおと》りしない。

「谷間にちょこっと振《ふ》りかけたの。……なんの香りか、わかる？」

俺の頭を絡《から》め取《と》るように腕《うで》が伸《の》びてくる。後頭部に添《そ》えられた手がクイっと引き寄せてきた。

「どう？」

「……柑橘《かんきつ》系？」

「アタリ。いい匂《にお》いだよね」

俺の後頭部に添《そ》えられるのが、手から腕《うで》に変わった。桐原《きりはら》は俺の身体《からだ》を引きながら、机に腰《こし》掛《か》ける。俺は中腰《ちゅうごし》になったまま抱《だ》き寄《よ》せられて、頭を丁寧《ていねい》に撫《な》でられる。柔《やわ》らかい肌《はだ》の感触《かんしょく》と体温に顔をうずめながら、なすがままだ。

「私の身体《からだ》、気持ちいい？」

「……まぁ」

「ふふ、よかった」

桐原《きりはら》はぎゅうっと俺を抱《だ》き締《し》める。桐原《きりはら》も、俺の感触《かんしょく》をじっくり味わっているようだった。

「なんで人肌《ひとはだ》ってこんなに気持ちよくて安心するんだろね。不思議だよ」

不意に、桐原《きりはら》の拘束《こうそく》が解かれる。

けど、それも束《つか》の間《ま》。指が俺の首を撫《な》でて、顎《あご》に添《そ》えられて、軽い力で上を向かされる。

そのあと、桐原《きりはら》はためらいなく顔を近付けて、キスをしてきた。

触《ふ》れるだけのキスなんかじゃなくて、舌が思い切り、唇《くちびる》を割ってくる。

舌先を舌先で押しつぶされたから、仕方なく応える。

そうしないと、あとが怖《こわ》い。桐原《きりはら》はキスにうるさいんだ。

舌を絡《から》め合《あ》って粘膜《ねんまく》をこすり合わせていると、時折、艶《なま》めかしい鼻息が漏《も》れてくる。んっ、と細い喉《のど》から漏《も》れ響《ひび》いてくる息継《いきつ》ぎの気配が悩《なや》ましい。

それらを聞きつつ、俺は仕事のことをあれこれ考えて、気を紛《まぎ》らわせる。本来は年上として、教師として、模範《もはん》であるべきだ。教え子の桐原《きりはら》に好き勝手にやられてはいけない。そんな、男の意地と見栄《みえ》だった。

むっ、と桐原《きりはら》が一度唸《うな》って、唇《くちびる》を離《はな》す。俺を、じっと見つめてくる。

「ふぅん……まぁ、いいけど？」

俺の返事を待たずに、再び唇《くちびる》を貪《むさぼ》ってくる。

さっきよりも激しく舌をこすり合わせてきて、吸い付いてくる。俺が応えるんじゃなくて、俺の心と思考を引っかき回す動きだ。

（……まずい）

仕事のことを考えてやり過ごそうとしているのに、集中できない。俺から余裕《よゆう》を奪《うば》った桐原《きりはら》は、脇腹《わきばら》に指を這《は》わせてきた。不意打ちだったので、びくりと身体《からだ》を跳《は》ねさせてしまった。不覚だ。そのまま、シャツの上から肋骨《ろっこつ》と肋骨《ろっこつ》の間をフェザータッチで撫《な》でて、攻撃《こうげき》してくる。

くすぐったさと、自覚したくない感覚が交互《こうご》にやってくる。意地を見せたかったけど、仕事のことを考える余裕《よゆう》はもうない。息も、少し乱れてしまっている。

「んふふっ」

嬉《うれ》しそうに喉《のど》を鳴らした桐原《きりはら》は激しかったキスを優《やさ》しいものに変えて、頭を撫《な》でてきた。

それから、脳を溶《と》かすように、口内を隅《すみ》から隅《すみ》までたっぷりねぶられる。かと思えば、やっぱり押しつぶしてきたり、舌の裏を撫《な》でてきたり、色々やってくる。

……悲しいかな。長いキスから解放してもらえたころにはもう、俺の身体《からだ》はすっかり出来上がってしまっていた。

「先生ってば、ほんっと可愛《かわい》いんだから」

至近距離《きょり》で満足そうに俺を見つめる桐原《きりはら》は、うっすらと上気している。目尻《めじり》がとろんと下がって夢心地《ゆめごこち》だ。メガネを外した桐原《きりはら》は本当に、別人のように色っぽい。

授業中やホームルームでは絶対に見せない顔だった。

俺が知る限り、俺だけが知る、俺だけに見せる、桐原《きりはら》の裏の顔だ。

学校で一番と言っても過言ではない才女。おまけに生徒会長だけど、キスもするし、甘えてもくるし、身体《からだ》を触《さわ》らせてもくる。触《さわ》ってもくる。

俺の人生を壊《こわ》す可能性がある爆弾《ばくだん》が、動いて、息して、誘惑《ゆうわく》してくるのだ。

「ね、ヤっちゃう？」

「……ヤんない」

それだけは、絶対に同意できない。してはいけないんだ。

「強情《ごうじょう》だなぁ」

口では拒否《きょひ》しているけど、俺が欲情しているのは見抜《みぬ》いているんだろう。

自信たっぷりに桐原《きりはら》は続ける。

「私はいいんだよ？　先生のこと、好きだし」

頰《ほお》を撫《な》でながら、破滅《はめつ》を囁《ささや》いてくる。

「楽になると思うけどな、色々と」

年上として、教師として、大人として、とてつもなく悔《くや》しいけど、それは魅力的《みりょくてき》な誘《さそ》いでもあった。ただし、この誘《さそ》いは破滅《はめつ》とワンセットだ。

矛盾《むじゅん》するようだけど、だからこそ魅力的《みりょくてき》なのだ。桐原《きりはら》は。

たちが悪いことに、本人はそれを全て自覚している。

桐原《きりはら》に限らないことだけど、この年頃《としごろ》の女子は自分の価値をはっきりと自覚している。

それを惜《お》しげもなく押し付けてくる桐原《きりはら》は……厄介《やっかい》な『子供』であり、厄介《やっかい》な『女』なのだ。

でも、バレたら彼女もタダでは済まないだろう。俺ほどではないけど。

だからこそ、俺は信頼《しんらい》できる。

もしかしたら、こいつだけは俺を裏切らないかもしれない。

唯一《ゆいいつ》、そう考えることができる相手なのだ。

俺たちは歪《いびつ》な形で、強固な信頼《しんらい》関係が結ばれている。

秘密を共有する共犯者というのは、きっと、そういうものなんだ。

「ね、先生。ヤラなくていいから、もっかいキスさせて」

俺に拒否《きょひ》権はない。

しばらくの間、砂を噛《か》むような心地《ここち》で桐原《きりはら》に従った。

＊＊＊

数年後。

俺と桐原《きりはら》は時折、馴《な》れ初《そ》めを尋《たず》ねられることになる。

俺たちは二つの答えを用意しなくてはいけなかった。表と裏。嘘《うそ》と真実だ。

一部の信頼《しんらい》できる人間に本当のことを語るとき、俺は決まって、こう切り出す。

「恋愛依存《れんあいいぞん》の教え子と、秘密の悪い恋《こい》をしていた。全部、そこから始まったんだ」

隣《となり》に座る桐原《きりはら》は、そうだね、と優《やさ》しく微笑《ほほえ》み、俺がする馴《な》れ初《そ》め話《ばなし》を心地《ここち》よさそうに聞き続ける――。

1. 好きな香水《こうすい》：柑橘《かんきつ》系

羽島銀《はしまぎん》。男性。二十四歳教師。特別な力は、何もない。

いたって平凡《へいぼん》な新米教師に過ぎない俺が、どうして桐原《きりはら》とこんな関係になったのか。

そいつをわかりやすく説明するには、やっぱり、最初から丁寧《ていねい》に、順を追って説明するのが一番効果的だと思う。


全ての始まりは俺がまだ大学生だったころのこと。

俺が今まで生きてきた中の、絶頂期だ。

実家は一人暮らしの俺に仕送りをしてくれる程度に太く、勝ち組に分類される有名な大学に通っていた。三回生になると単位はほとんど取り終わる。余った時間は週三、四日程度のバイトに当てて、合コンがきっかけで付き合い始めた彼女とうまくやりつつ、勝手気ままに過ごしていた。

四回生になってすぐ始めた就活もうまくいき、一流企業《きぎょう》への内定もあっさり決まった。

まさに前途《ぜんと》有望。悠々自適《ゆうゆうじてき》の大学生活。卒論も早々に目途《めど》をつけて、遊びまくっていた。

「他に好きなひとができた」と言われて彼女にフラれたけど、ちょうどマンネリ化していて、二人で会うよりもひとりでいる時間が恋《こい》しくなっていたから、時期としてはちょうどよかった。

というのも、そのころの俺はゲームにハマり始めていた。

ネットゲームってやつだ。

社会人になるとがっつり遊べないから、今のうちに——と始めた趣味《しゅみ》だったけど、多分に漏《も》れず、のめり込んだ。

バイトがない日は朝から晩まで、ずっとログインして、ずっと遊んでいた。バイトがなければ間違《まちが》いなく引きこもっていた。

少人数で強敵を倒《たお》したり、ダンジョンを攻略《こうりやく》したり。いわゆる『狩猟《しゆりよう》ゲー』と呼ばれるジャンルに近いゲームで、気の合う何人かのメンバーと毎日毎日、飽《あ》きもせずに遊び続けていた。

その中のひとりに、「ＡＲＩＡ」という女性キャラを使うフレンドがいた。

夕方から夜にかけてプレイするひとで、昼間はバイトで家を空ける俺と、遊ぶ時間帯が一致《いつち》していた。

長く一緒《いつしよ》に遊んでいると、相手の情報にも詳《くわ》しくなっていく。

「ＡＲＩＡ」は大学の二年生。女性キャラを使っていても中身が男性ってことは多々あるが、彼女は自分のことを「女だよ」と言っていた。

そう言われても話半分にしか聞いていなかったけど、チャットをしているうちに「本当なのかもな」と思い始めるようになった。もしも嘘《うそ》だったら、大した演技力だな、と思う程度に「ＡＲＩＡ」はゲームの中でも女の子していた。

アップデートで可愛《かわい》い系の装備が出ると必ず「取りに行こう」とせがんできたし、俺の助力で手に入ると「ありがとう！」とハートマーク付きで感謝してくれた。その程度だったら信じなかったかもしれないけど、仲が良かったせいか、彼女は私生活の悩《なや》みもちょいちょい、俺に相談するようになっていた。

学校のことだったり、親とケンカしたっていう深刻度の高いものもあれば、「やばいちょっと太った。いい運動ない？」みたいなしょうもない相談もあった。そうしているうちに、「本当に年下の女の子かもな」と思うようになっていったんだ。

『GINは相談に乗るのが上手だよね〜。つい色々と話しちゃう』なんて言われると、俺も気分がよかった。

ゲーム外で連絡《れんらく》先を知っていると誘《さそ》いやすくなるから、と言われて、メッセージアプリのアカウントも交換《こうかん》した。そうなってからは、ゲーム外でも連絡《れんらく》を取るようになった。

そんな中、「ARIA」の中身が女の子だとわかる決定的な出来事が起こる。

『ちょっと、電話していい？』

別にいいよ、と返事をした。電話番号は交換《こうかん》せずに、メッセージアプリの通話機能で初めてお互《たが》いの声を聞いた。

「はじめまして」と少し緊張《きんちょう》気味に話す「ARIA」の声は、確かに女の子のものだった。緊張《きんちょう》したのは最初だけで、話しているうちにゲームのチャットと同じくらい、リラックスして話せるようになった。

次の日はバイトも休みだったから、彼女の気が済むまでずっと話し続けた。夜の十時から深夜二時くらいまで話したあと、ようやく電話を切った。けど、その後もアプリでメッセージのやり取りが続いた。

『長話しちゃってごめんね。色々とわがまま聞いてくれて、ありがと』

『いや、別に。俺も楽しかった』

『ほんと？　よかった！　わがままついでに、もうひとつお願いを聞いてもらえない？』

『何？』

『ＧＩＮの顔、見てみたいな』

いきなり言われたら絶対に断っていたけど、楽しく話したあとだったから、断らなかった。

深夜帯特有のテンションも作用していたと思う。

適当に自撮《じど》りして送ると、返信はすぐに届いた。

『ありがと。写真、見たよ。どうしよ。ちょっとタイプかも』

『お世辞でも嬉《うれ》しいよ。ありがとう』

『お世辞じゃないってば！』

それを証明するために、と「ＡＲＩＡ」は自分の写真を送ってきた。

顔は写っていなかったけど、けっこう、キワドイ写真だった。ノーブラで肌着《はだぎ》だけ。胸の谷間を意図的に強調した、挑発的《ちょうはつてき》な写真だった。染《し》みひとつない足を撮《と》った写真も届いた。

『ネットで拾ってきた写真じゃないよ』と、ゲーム画面も一緒《いっしょ》に写してくれたりもした。

『サービス、行き届いているなぁ……』

『でしょ？　私、デキる女ですから』とドヤられた。

そんなやり取りをした俺たちだったけど、電話をしたのも写真を送り合ったのも、これっきりだった。

相談に乗っている最中に『電話で聞こうか？』と俺から尋《たず》ねることもあったけど、彼女の方から断られた。

『あんまり甘えすぎると、本気になっちゃうから。そうなるとつらいかもだし』と言われて、俺も深追いしなくなった。俺と「ＡＲＩＡ」は、ただのゲーム仲間に戻《もど》った。

それからおおよそ二年後。二十四歳の春、俺は高校教師になった。

大学卒業してすぐじゃないのは、新卒で入った一流企業《きぎょう》を半年でドロップアウトしたからだ。


「……先生？　羽島《はしま》先生？」

隣《となり》の席から声が聞こえて、ハッとなって振《ふ》り返《かえ》る。

椅子《いす》に座っている女性が、俺の様子を心配そうに、注意深く窺《うかが》っていた。

「大丈夫《だいじょうぶ》ですか？　なんだか、ぼうっとしていましたけど……」

「……すみません、暮井《くれい》先生。勤務中なのに」

バツが悪そうに答えると、暮井《くれい》さんは大人っぽい柔和《にゅうわ》な笑《え》みを浮《う》かべながら、上品に笑い飛ばしてくれた。

「いいんですよ、そんなの！　もう授業も終わって放課後だし、今日は職員会議もないし……小テストの採点、終わったんでしょう？」

視聴覚《しちょうかく》室で桐原《きりはら》と別れたあと、職員室に戻《もど》って、手早く済ませた。

放課後は、会議がなければ自分のペースで事務仕事をしていい時間だ。

部活動の顧問《こもん》をやっている先生は忙《いそが》しいけど、幸いなことに、俺は何も担当していない。

暮井《くれい》さんは、なおも俺に話《はな》し掛《か》けてくる。

「別に声を掛《か》けるほどのことじゃなかったんですけど、羽島《はしま》先生があまりに遠い目をしていたものだから、気になって」

暮井《くれい》さんは、俺の指導教員だ。教師生活六年目で、担当科目は俺と同じ現代国語。

一般的《いっぱんてき》に、新米教師の面倒《めんどう》は同じ科目の教師が見ることになっているそうで、俺が赴任《ふにん》した『森瓦学園《もりかわら》』も例外ではなかった。暮井《くれい》さんは席も隣《となり》だし、歳《とし》も先輩《せんぱい》だらけの職員室の中では、一番近い方だ。生徒たちにも評判がいいし、授業も丁寧《ていねい》で……あと、めちゃくちゃ美人だ。職業柄《がら》、服装も化粧《けしょう》も地味におさえているようだけど、着飾《きかざ》ればとんでもなく映《は》えるはずだ。

俺に対しても、赴任《ふにん》初日からとても親身に色々と気遣《きづか》ってくれる。理想の先生と言っていい存在だ。

「何か、昔のことでも思い出していたり？」

「ええ、まぁ……前の会社のことを、少し」

大半は「ＡＲＩＡ」とゲームをしていたころの振《ふ》り返《かえ》りだったけど、まったくの嘘《うそ》でもない。

暮井《くれい》さんの整った顔が、途端《とたん》に曇《くも》った。

「……つらかったこと？」

「残念ながら、前の会社の記憶《きおく》に良かったことは存在してないですね」

冗談抜《じょうだんぬ》きに、入社直後からまるでいいことがなかった。

入社式を終えたあと、泊《と》まり込みで同期と新人研修を行うはずが、研修初日に高熱を出し、ホテルで寝込《ねこ》んだのがケチのつき始め。

熱は一週間下がらず、俺の研修は寝《ね》ているだけで終わった。

当然、同期とは差がつく。

同じ部署に同期は三人いたけど、その中で俺だけが上司に嫌《いや》な顔をされて、叱《しか》られ続けた。

——いったい、お前はなんのために会社に入ったんだ。

——いつまでも学生気分でいられちゃ困る。

まずいことをやったのは俺自身が一番よくわかっていたし、なんとかしたいと考えていたのも、俺が一番だったはずだ。自分の人生で、自分の失態だから、自分が取《と》り戻《もど》さなくちゃいけなかった。

けど、間違《まちが》ったことをするたび、同期がわかっているのに俺だけがわかっていないことを質問して罵《ののし》られるたび、だんだん、静かにミスをし続けるようになった。

最初は同情していた同期も呆《あき》れたのか、矛先《ほこさき》が自分に向くのを嫌《いや》がったのか、俺を避《さ》けるようになる。

そこからは、あまり記憶《きおく》に残っていない。

俺の評価は『入社時の筆記テストはトップだったけど、勉強しかできない使えない奴《やつ》』から変わることがなかった。結局半年で会社を辞《や》めて、残り半年は、実家で療養《りょうよう》した。

その辺りの事情は、指導教員の暮井《くれい》さんと校長にだけ伝えてある。

部活動の顧問《こもん》になるのを見送られたのは、学校からの気遣《きづか》いだ。

クラスの担任も、主担任は産休中の先生で、俺は副担任になっている。仕事内容は担任と変わらないけど「肩書《かたが》きがないだけでだいぶ違《ちが》う」という配慮《はいりょ》だそうだ。

十分すぎるほど優《やさ》しくしてもらっているのに、暮井《くれい》さんはまだ俺を心配してくれる。

「あまり、引きずらないようにね」

「ありがとうございます。……なんか、すみません」

「別に。何も」

暮井《くれい》さんが軽く首を振《ふ》る。

「そういえば、明後日《あさって》は私の授業を見学する日よね？」

「ええ。勉強させてもらいます」

「嫌《いや》だなぁ……羽島《はしま》先生、教えるの上手だから、もう参考にするところなんてないのに」

暮井《くれい》さんは、最初に話《はな》し掛《か》けてくるときは俺に敬語を使うけど、話をしているうちに、後輩《こうはい》相手の口調に変わっていく。

どちらかと言えば、俺はこっちの方が気楽だった。職場の先輩《せんぱい》より、隣《となり》の席のお姉さんの立場で喋《しゃべ》ってもらえた方が、緊張《きんちょう》しなくていい。

「羽島《はしま》先生のプリント、校長先生と教頭先生にも見せたんだけど、好評なのよ。普段《ふだん》なら『プリントは便利で楽だけど使い過ぎるな』って言うひとたちなのに、何も言わないの。きっと、地頭がいいからまとめるのが上手なのね」

「……ありがとうございます。励《はげ》みになります」

たぶん、褒《ほ》めるためにこの話題を選んでくれたんだと思う。

つくづく、俺なんかにはもったいない先輩《せんぱい》教師だ。

「クラスの生徒たちとはどう？　うまくいってる？」

「あんまりですかね。面と向かって文句は言われてないですけど、ナメられているなぁ、って感じるときがたまにあります」

生徒たちが俺自身をちゃんと見てくれたのは、最初の三日間だけだった。

クラス替《が》えのあと、生徒たちはどんな先生、どんな担任でも、この期間だけは絶対に言うことを聞く。『黄金の三日間だ』と教育論の本に書いてあった。まさに、その通りだった。

「最初の三日が過ぎると、生徒たちは俺のことを見なくなりましたね。俺を通して学校の言うこと、大人の言うことは聞くけど、俺自身や、俺の言葉には価値がないと判断したようです」

暮井《くれい》さんは、神妙《しんみよう》な顔で頷《うなず》いた。

「新人のつらいところよね。あの年頃《としごろ》の子たちって聡《さと》いし、残酷《ざんこく》だから」

優《やさ》しい暮井《くれい》さんだけど、俺がナメられていることは否定しない。

「誰《だれ》もが通る道よ。でも、ちゃんと現状に気付けているあなたは立派だわ」

結局、褒《ほ》めてくれる。さすがだ。

「暮井《くれい》先生も経験した苦みですか？」

「ええ、もちろん」

「どうやって乗《の》り越《こ》えました？」

「無理なものは無理、って諦《あきら》めたかしら」

「……その答えは、意外です」

「だって、じたばたしてもどうにもならないもの。極端《きよくたん》な話、一年が経《た》てば、またクラス替《が》えがある仕事だしね。引きずらないのは立派なスキルよ。まったく悩《なや》まないのもよくないけど、最善を尽《つ》くしたら、あとは私にはどうにもできない。不可能な領域だって思うのも大事」

でも、あながち間違《まち》いでもなかった、と暮井《くれい》さんは続ける。

「だって、私たちの相手って、子供だけど人間だもの。思い通りになんていくはずないのよ」

「……なるほど。さすがです。いいお話をありがとうございます」

暮井《くれい》さんは謙遜《けんそん》せず、「どういたしまして」と返してきた。このひとはやることなすこと、本当に全て大人だ。

「先生って、変な職業ですよね。俺みたいな奴《やつ》でも、なった瞬間《しゅんかん》から先生になる。新米で頼《たよ》りなくても、自信がなくても大人にならなきゃいけない」

「それ、鉄道会社に就職した大学の同期に話したら『私だって一緒《いっしょ》よ』って返された」

「確かに。自分が乗ってる電車を運転している人間は新人だろうが、プロとして見ますね」

「そういうこと。虚勢《きょせい》も時には大事よ。とりあえず、生徒たちも人間なんだから、クラスで波長の合う子を見つけて、信頼《しんらい》関係を築くところから始めてみるのはどう？　素直《すなお》に言うことを聞いてくれる子もいるでしょ？　桐原《きりはら》さんがそうなんだっけ？」

「変わらず、うまくいってる？」

ちくり、と胸の奥が痛む。

「ええ、まぁ」

「あの子に気に入られているなら大丈夫《だいじょうぶ》よ。味方につけておけば、最終的に生徒をうまくまとめてくれる。大事故にならないわ」

「そうですね」

学校と暮井《くれい》さんは、俺によくしてくれている。とても気遣《きづか》ってくれている。

俺がさっき、視聴覚室《しちょうかく》で桐原《きりはら》としていたことを知ったら――がっかりさせてしまうだろう。

「でも、彼女はあくまでも生徒。わかってると思うけど、親密になり過ぎないようにね」

「ええ。心得ています」

……本当に、申し訳ない気持ちと恐怖《きょうふ》で、胸がいっぱいだった。


後ろめたい気持ちを抱《いだ》きながら、桐原《きりはら》を完全に拒《こば》めないのにはワケがある。

学生から社会人になって早々、会社で居場所を失った俺だったけど、完全に生《い》き甲斐《がい》を失ったわけではなかった。

職場での居心地《いごこち》は最悪だったけど、一流企業《きぎょう》だったから勤怠《きんたい》管理はしっかりしていて、昨今問題視されるような無茶な残業はなかった。

家には一応、帰れていたのだ。

会社から数駅離《はな》れたワンルームのマンションは帰宅しても暗くて冷たかったけど、俺の帰宅を待ってくれているひとはいた。

『そろそろ帰ってきた？　遊べる？』

帰宅時間を見計らって、「ＡＲＩＡ」はいつも俺にメッセージを送ってくれた。

基本的に、俺は誘《さそ》いに応じて彼女と遊んだ。

最初は、会社での遅《おく》れを取《と》り戻《もど》す勉強をしたくて断っていたけど、上司からの当たりが強くなり、抱《かか》え込む感情が大きくなるにつれて「ＡＲＩＡ」と過ごす時間は増えていった。会社に行きたくなくなると、ずるずると深夜まで遊ぶようになった。

いま思えば、それが原因で仕事のミスも増えていたので、完全に悪循環《あくじゅんかん》だった。でも、あの時間がなかったら、俺は死んでいたかもしれない。

『ちゃんと、学生から社会人へ――子供から大人になりきれなかった』という負い目もある。

その一方で、『あれが、あのときの限界だった』という確信めいた感情もある。

結局、半年で会社を辞《や》めることになり、実家へ戻《もど》ったあとも「ＡＲＩＡ」との交流は続いた。

仕事がうまくいってなかったことや、仕事を辞《や》めたことは、彼女には言わなかった。

彼女の前では、大人のフリをしたかった。

つまらない見栄《みえ》だったけど、俺に残った最後のプライドだった。

会社を辞《や》めて数ヶ月はぼうっとしていたけど、いつまでも実家の世話になるわけにもいかない。次の仕事を探す過程で俺が最終的に選んだのは、大学で取得していた教員免許《めんきょ》の活用だった。『勉強』しかできない俺でも、勉強ができるなら、ある程度評価されるんじゃないか――

そんな考えで選んだ。

結果は、知っての通り。

教師が勉強できるなんてのは当たり前のことなので、俺は三日で生徒にナメられるようになった。

でも、前の会社でやらかしたときほど、落ち込まなかった。

もともと、情熱を抱《いだ》いて教師になったわけではないから。

別にがんばらなくてもいい。今は必死に仕事をするより、死なない程度に仕事をして、生きていく土台を作れたら、それで十分。そう構えていた。

多感な生徒たちは、俺の本質を少なからず感じ取っていたはずだ。

なのに、桐原《きりはら》は――生徒会長の桐原《きりはら》だけは何故《なぜ》か違《ちが》った。

勉強はできるが、特にオシャレをすることもなく、地味な部類に入るメガネ女子。物静かな方で、真面目で気弱そうなキャラのせいか、よく面倒事《めんどうごと》や用事を押し付けられる。

俺のような、不真面目な気持ちを奥底に抱《かか》えている教師を嫌《きら》いそうな彼女は、何故《なぜ》か俺に笑《え》顔《がお》を向けて、懐《なつ》いてくれた。

授業の合間や、学校ですれ違《ちが》ったとき――何気ないときに、愛想笑《あいそわら》いとかではなく、本当に、そうなのだと感じ取れる笑《え》みと愛嬌《あいきょう》を俺に振《ふ》りまいてくれた。

その理由を知ったのは、俺が事務仕事の合間に、ふらりと校内を散歩しているときだった。

生徒会室の前を通ったとき、偶然《ぐうぜん》、仕事を終えて帰ろうとしていた桐原《きりはら》とばったり会った。

「こんな時間まで生徒会の仕事か？　大変だな」

「いえ……先生もお疲《つか》れ様《さま》です。まだ帰らないんですか？」

「明日の授業の準備が、まだちょっと残っている。休憩《きゅうけい》中なんだ」

桐原《きりはら》は少し考えたあと、あの、と意を決したように口を開いた。

「クラスのことで少し相談があるんですけど、生徒会室で話せないですか？」

深刻そうな口ぶりだったので内心、ドキリとした。

——まさか、クラスでイジメでもあるのか？

そういうハードな話題にはなるべく触《ふ》れたくなかったけど、断るわけにはいかなかった。

相談してきた相手が桐原《きりはら》というのも大きい。彼女にはあまり、嫌《きら》われたくない。

生徒会室に入ると、桐原《きりはら》は内側から鍵《かぎ》を掛《か》けた。

「誰《だれ》にも聞かれたくないんです」

いったい、なんの話をされるのか——。

身構える俺に顔を向けず、桐原《きりはら》は自分のスマホをいじって、手早く操作を終えた。

すると、俺の携帯《けいたい》が震《ふる》えた。

「先生の携帯《けいたい》、鳴りました？」

「ん？　あぁ……でも、今は桐原《きりはら》の話の方が」

「いいです。確認《かくにん》してください」

にこりと微笑《ほほえ》む桐原《きりはら》に若干《じゃっかん》の違和感《いわかん》を覚えつつ、スマホを確認《かくにん》した。

「ＡＲＩＡ」からだった。


『桐原灯佳《きりはらとうか》の前にいるのは、ＧＩＮだよね？』

……。


……フリーズした俺は、ぎこちない動作で桐原《きりはら》を見た。

ニィッ、と笑った桐原《きりはら》は、こちらを見つめながら、とん、と彼女が持っているスマホの画面をタップした。

俺の手の中で、俺のスマホが震《ふる》える。

メッセージアプリで、「ＡＲＩＡ」が電話を掛《か》けてきている。

桐原《きりはら》は、俺に自分のスマホの画面を見せつけてきた。

「繋《つな》がっちゃったね」

人間っていうのは心の底から驚《おどろ》いたとき、本当に凍《こお》り付《つ》いてしまうのだと初めて知った。

「嘘《うそ》だろ？」

「嘘《うそ》じゃないよ。ＡＲＩＡだよ。ごめんね。本当は最初から気付いてたんだ」

変な話じゃない。彼女には一度、写真を送っている。

「でも、大学生だって……」

「ごめん。あれは嘘《うそ》」

「一人暮らしって、言って……」

「それは本当」

「高校生なのに？」

「放任主義の両親で、ちょっと複雑なご家庭なの。今時、珍《めずら》しくないでしょ？」

そう、なのだろうか。

うまく頭が働かなくて、言葉が出てこなかった。

おまけに、桐原《きりはら》の雰囲気《ふんいき》はいつもと違《ちが》った。

「嬉《うれ》しかったよ。だってＧＩＮと会えたんだもん」

一緒《いっしょ》にゲームをして、電話をしたこともある「ＡＲＩＡ」と桐原《きりはら》はまったく似つかない。

「ＡＲＩＡ」は甘えたがりで、奔放《ほんぽう》で、明《あ》け透《す》けな性格だ。クラスの桐原《きりはら》とは正反対と言ってもいい。

「私と会えて嬉《うれ》しい？」

「それは……うん」

精神的に落ち込んでいたとき、生《い》き甲斐《がい》になってくれた女の子だ。

戸惑《とまど》ってはいるけど、会わない方がよかった、とは思えない。

「よかった。でもまさか、ＧＩＮが先生になってるとは思わなかった。しかも、自分のクラスの担任！　すごくない？」

「……びっくりだよ」

冗談抜《じょうだんぬ》きに、奇跡《きせき》のような確率だ。

こういうときは、いったいどうすればいいんだ？

「私がＡＲＩＡだと困る？」

桐原《きりはら》は回り道をすることなく、核心《かくしん》に切り込んできた。

「……立場上、どうしても、そうなる」

歳《とし》も近く、趣味《しゅみ》も同じ。こんな状況《じょうきょう》でなければ、付き合ってみたいとすら思っていた相手だが、生徒となれば話は別だ。友人として接するのだってためらいがある。

「教師としては、他の子と同じように接しないとまずい？」

「あぁ」

内心、ホッとした。桐原《きりはら》は、やはりちゃんと桐原《きりはら》だ。

よくわかってくれている。――ところが、そうではなかった。

「そっか。でも、それだと私がつまんないんだよねー。二人きりのときだけでも、ちょっと楽しい仲になれない？」

「ごめん。それは、勘弁《かんべん》してくれ」

情熱はないけど、最低限の常識はあるつもりだ。

「いいじゃんー。アプリで写真のやり取りした仲でしょ。私のエッチな写真、まだそのスマホに入ってる?」

痛いところを突《つ》かれて、黙《だま》ってしまった。

「あ、大事にしてくれてるんだ? 嬉《うれ》しいなー。ふふふ」

惜《お》しいが、あとで消そうと決意した。

「桐原《きりはら》、ちょっと、落ち着いて話そう」

「ううん。ごめんね、先生。もう遅《おそ》いよ」

桐原《きりはら》はセーラーの胸ポケットから何かを取り出した。

四角い形をした、薄型《うすがた》の妙《みょう》な機械だ。手のひらより少し小さいくらいの大きさで、ちかちか、と赤いランプが点滅《てんめつ》している。

「これ、ボイスレコーダー。録音してたの。ごめんね」

桐原《きりはら》は軽く舌を出しながら、可愛《かわい》らしく両手を合わせて会釈《えしゃく》した。

やっていることは、全然可愛《かわい》くなかった。

取り上げるために足を動かして手を伸《の》ばしたけど、桐原《きりはら》は身を引きながら手早くスカーフを緩《ゆる》めて、ボイスレコーダーを自分の胸元《むなもと》に潜《もぐ》り込ませてしまう。

下着の中だ。

う、と喉《のど》の奥から呻《うめ》き声が漏《も》れる。こうなっては手が出せない。

「ＧＩＮは、やっぱり優《やさ》しいなぁ。だから好き」

どんな経緯《けいい》であれ、生徒の半裸《はんら》を写した画像を持っていると知れたら、タダでは済まないだろう。

あのデータがある限り、俺は桐原《きりはら》に逆らえない。

表向きは品行方正な生徒の、秘密の遊び相手だ。


桐原《きりはら》との出会いを振《ふ》り返《かえ》りながらだったけど、無事に仕事は終わった。

学級日誌を書いて、小テストの採点をして、来週の授業に使うプリントも作り終わった。暮《くれ》井《い》さんと期末試験の問題について打ち合わせもしたから、少し遅《おそ》くなってしまった。

「お疲《つか》れ様《さま》。土日はしっかり休んでね」

「ありがとうございます。また来週、よろしくお願いします」

手を振《ふ》ってくれた暮《くれ》井《い》さんと職員室で別れて、学校を出る。

時刻は午後七時を回ったところだ。

季節は六月下旬《げじゅん》。まだ梅雨《つゆ》が明けないけど、今日は晴れている。校門をくぐり、最寄《もよ》りのバス停まで徒歩で移動する。車内に乗り込んでから、半袖《はんそで》のワイシャツのボタンを緩《ゆる》めて、ぼんやりと窓の外を眺《なが》める。着信の振動《しんどう》を感じてスマホを手に取ると、メッセージが届いていた。送り主は俺の元カノだ。別れて数年も経《た》つのに、未《いま》だに連絡《れんらく》が来る。

『お疲《つか》れ〜。そっち、もうアガり？　私は今、帰りの電車。これから彼氏《かれし》とディナーだよん。週末は一緒《いっしょ》にゴロゴロするんだー』

聞いてもいないのに、勝手に近況《きんきょう》を送られてきていた。相変わらずだな、と思いながら適当に返事を返して、再びぼんやりと外を見る。

本来なら、俺も元カノと同じく、ここから休日がスタートするはずだ。でも、桐原《きりはら》と秘密の関係にある俺には、まだやることがある。

二十分ほど揺《ゆ》られたあと、バスを降りる。住んでいるアパートには、バス停から徒歩で五分ほど歩けば到着《とうちゃく》する。

ワンルームの小さな部屋だけど、クローゼットはついている。ネクタイやズボンをハンガーにかけたあと、すぐに用意しておいた服に着替《きか》えた。

スカジャンとダメージジーンズだ。

ついでに、派手な金髪《きんぱつ》のウィッグも被《かぶ》る。カラーレンズを使った伊達《だて》メガネを掛《か》けると、もはや別人だ。俺を知る人間ほど、俺とは絶対に見破れないだろう。

着替《きが》えやタオル、歯ブラシといったお泊《と》まりセットが入っているリュックサックを背負い、玄関《げんかん》へ向かう。仕事を持ち帰っているときは、ビジネスバッグから荷物を移動させるけど、今日は持ち帰りがない。荷物が少なくて楽だ。

家を出たあとは、バス停ではなく最寄《もよ》り駅《えき》に向かう。

駅に着いたあとは、ICカードではなく、わざわざ数駅先までの切符《きっぷ》を買って移動する。なるべく、証拠《しょうこ》を残さないために。

いま向かっている先は、桐原《きりはら》が一人暮らしをしているマンションだった。

電車を降りたあと、少し寄り道をしてから、桐原《きりはら》の家に向かう。

玄関《げんかん》の前で『着いた』とメッセージを送ると、ドアの向こう側でひとが動く気配がした。鍵《かぎ》が開いて、ドアも開く。

「いらっしゃい」と、放課後に視《し》聴覚《ちょうかく》室で密会したときと同じ言葉で迎《むか》え入《い》れられた。

放課後のときと違《ちが》うのは、桐原《きりはら》の服装だ。キャミソールと短パンという、目のやり場に困る姿でのお出迎《でむか》えだった。例の冴《さ》えないメガネも外している。

「もうちょっと、ちゃんと服を着ろよ……」

「暑いんだもん。冷房《れいぼう》をきつくするの、苦手だからさ」

それは俺も同じなので、あまり強くは言えない。

とりあえず、家の中に入る。

まだ玄関《げんかん》先だけど、この部屋には桐原《きりはら》の匂《にお》いが染《し》み付《つ》いている。口が裂《さ》けても本人に言うつもりはないけど、いい匂《にお》いだ。理性を溶《と》かす厄介《やっかい》な香りが充満《じゅうまん》している。

「ゲームがいいところだから、ちょっと先に進めてくる」

言いながら、桐原《きりはら》は居間の方へ歩いていく。

「夕飯は食べたのか？」

「まだー。先生と一緒《いっしょ》に食べようと思って」

そう言われると思って、材料は買ってきてある。電車を降りたあとに向かったのはスーパーだったんだ。

「今日はお弁当じゃないんだ？」

「仕事がないから、ちゃんとしたものを作る」

「やったね！　先生が作ってくれるご飯、大好きだよ」

料理は、俺の数少ない特技だ。大学生時代、バイトをしていたのは個人経営の居酒屋だった。店主がけっこう凝《こ》った料理を出す店で、俺も色々と教えてもらえた。

「ちょっと時間かかるぞ？」

「いいよー。何か手伝ってほしかったら、言ってね」

俺と会話しながら、桐原《きりはら》は慣れた手つきでコントローラーをカチャカチャと操作している。

ソファに深く座り、お腹《なか》にビーズクッションを抱《だ》いたまま、俺とやっているオンラインゲームをひとりで遊んでいた。部屋の間取りは2ＬＤＫで、部屋自体もけっこう広い。ソファや大きなテレビを置いても、俺が隣《となり》で一緒《いっしょ》に座ったとしても、全然狭《せま》さを感じない。

キッチンも立派だ。調理器具や調味料も俺が買い足したから、一通り揃《そろ》っている。

「先生の仕事がないなら、今日はいっぱい遊べるね。私も宿題、終わってるんだ。今夜は寝《ね》かさないよ？」

「桐原《きりはら》が言うと、意味深に聞こえるなぁ……」

「変な意味じゃないってば。そっちの意味でもいいけどね」

藪蛇《やぶへび》だった。大げさに肩《かた》をすくめてから、持ってきた荷物を整理する。

「先生もマメだよね。着《き》替えやらタオルやら、いちいち持ってくるのめんどくさくない？　毎週来るんだから、置いてっちゃえばいいのに」

桐原《きりはら》に弱みを握《にぎ》られてから、週末はずっとここに通っている。土日と祝日だけだが、半ば同《どう》棲《せい》状態だ。部屋もひとつ余っているから、そこに俺の荷物を置けばいい、と桐原《きりはら》はずっと言い続けている。

「どうせ着替《きか》えるために一度は家に寄るし、いいんだよ」

「先生がそれでいいなら、いいけど」

少し不満そうな言い方だったけど、桐原《きりはら》は強制してこない。

この話題に限らず、桐原《きりはら》は弱みを握《にぎ》っているくせに、強権を発動して俺を縛《しば》ることをめったにしない。桐原《きりはら》が俺に頼《たの》んできたのは次の三つだ。

——週末は、私の家で過ごしてほしい。

——色々な意味で、私の遊び相手になってほしい。

——甘えたいときに、なるべく甘えさせてほしい。

この三つだ。

その気になれば、もっと意地悪な要求はできると思う。

たとえば、金が欲《ほ》しいとか。

けれど、桐原《きりはら》が欲《ほ》しいのは、そういうものではないらしい。

寂《さび》しいか、ひどく退屈《たいくつ》しているか。……もしくは、その両方か。

その辺りだと睨《にら》んでいる。

少なくとも、寂《さび》しいのは当たっているはずだ。

食事をコンビニ弁当とスーパーの総菜で済ませていると聞いた俺が、初めて料理を作ったとき、桐原《きりはら》は「家庭料理がおいしいって本当だったんだ」と目を丸くして驚《おどろ》いていた。

……いったい、今までどんなふうに育ってきたんだ？

高校生なのに、こんなに広い家で一人暮らしをしていること、両親はおろか、親類を含《ふく》めた家族の影《かげ》がまったく見えないことから、普通《ふつう》の家庭環境《かんきょう》ではないのは明らかだけど……。

「楽しみだなぁ〜。先生のご飯」

鼻歌まじりに言われると、悪い気はしない。

考えても答えが出ない疑問は一度頭から追い出して、料理に集中する。

「ちゃんと作る」と宣言したものの、用意するのはいたって普通《ふつう》の献立《こんだて》だ。

野菜と豚肉《ぶたにく》を煮《に》込んだ豚汁《とんじる》と、卵焼きと、両面焼きグリルを使った焼き魚。ほとんど使用した形跡《けいせき》がなかったキッチンコンロは、今では俺の心強い味方だ。

なんてことのないメニューだけど、桐原《きりはら》はこういうシンプルな料理をとても好む。

変に凝《こ》ったものを作るより、ずっと喜んでくれる。

「よし、ボス倒《たお》せた。キリがいいし、シャワー浴びてきちゃおうかな」

「先に入るのか？」

「うん。そしたら、ご飯食べ終わったあとずっと遊べるでしょ？」

無駄《むだ》のない動きだ。

この小さな積み重ねが、彼女を優等生たらしめているのだろう。

「準備、もう少しかかるから、ゆっくり浴びてきていいぞ」

「はーい」

上機嫌《じょうきげん》のまま、浴室へ向かう。

……それからまもなく、シャワーの水音と桐原《きりはら》の鼻歌が聞こえてきた。

俺がいるときに桐原《きりはら》が風呂《ふろ》に入るのは初めてではないが、落ち着かないものは落ち着かない。

「……何やってるんだろうなぁ、俺」

桐原《きりはら》のことは、心底嫌《きら》っているわけではない。

ゲームは好きだし、桐原《きりはら》と一緒《いっしょ》に遊ぶのは正直楽しい。

だからと言って、許される関係とは到底《とうてい》思えない。中途半端《ちゅうとはんぱ》なんだ、俺は。

桐原《きりはら》が未成年ではなくて、俺の生徒でもなければ、何も問題はなかったんだけどな。

たぶん理想の相手だ。

世の中は、ままならない。

「っとと」

考えていたら、味噌汁《みそしる》の鍋《なべ》が吹《ふ》きこぼれてしまった。

火を止めてコンロを掃除《そうじ》する。俺のモノではないから、汚《よご》したままにするわけにはいかない。

風呂場《ふろば》にいる桐原《きりはら》を意識から追い出すために、しばらく料理に集中する。

お皿に盛りつけて準備が整ったころ、チャイムが鳴った。

……今までになかったシチュエーションだ。

出ていいのか？

でも、もしも桐原《きりはら》の友達や親だったらどうする？

さっ、と血の気が引いていくのがわかった。

「あ、ごめーん。たぶん荷物だと思うー。先生、出てくれる？」

風呂場《ふろば》から声が聞こえて、金縛《かなしば》りが解けた。

おそるおそるインターホンの受話器をあげると「宅配便でーす」と名乗られた。長い長い、安堵《あんど》の息が漏《も》れた。

下駄箱《げたばこ》の上に置いてあった「桐原《きりはら》」のハンコを押して、荷物を受け取る。やけに軽い。差出人は店の名前っぽかった。通販《つうはん》か？

「ありがと。その辺に置いといて」

「あぁ……って、おい！」

振《ふ》り返《かえ》ると、桐原《きりはら》は服を着ていなかった。下はさっきと色違《いろちが》いの短パンを穿《は》いているけど、上は何も着ていない。首に巻いてぶら下げたバスタオルがかろうじて胸を隠《かく》しているが、ふくらみの輪郭《りんかく》は見えてしまっていた。

「何？」

「頼《たの》むから、服をちゃんと着てくれ」

「えーいいじゃん。家なんだし。もう何回も見てるでしょ？」

「そういう問題じゃない。冷房《れいぼう》もついてるし、風邪《かぜ》引くぞ」

「先生は真面目だなぁ……そこが可愛《かわい》いんだけどね」

桐原《きりはら》は胸を隠《かく》していたバスタオルを持ち上げて、濡《ぬ》れている髪《かみ》の毛《け》を拭《ふ》き始める。

とっさに目を逸《そ》らしたから、ギリギリ見なかった、と思う。

桐原《きりはら》はそんな俺の努力にまったく見向きもせず、ダイニングの方へ歩いていく。

「わーっ、ご飯ができてる！　おいしそう！」

でも、桐原《きりはら》の半裸《はんら》を見るのは、初めてではない。

風呂《ふろ》と一緒《いっしょ》で、やっぱり落ち着かない。慣れてしまうのも避《さ》けたい。そこまでいってしまったら、本当に抜《ぬ》け出《だ》せなくなりそうで怖《こわ》かった。

……たぶん、この気持ちを失ったら、転がり落ちるように、真っ逆さまだと思う。

水を弾《はじ》く、若さに溢《あふ》れた瑞々《みずみず》しさを持つ肌《はだ》には、それくらいの破壊力《はかいりょく》が十分ある。

「先生、食べようよー。お腹《なか》空いちゃった」

「服、着たか？」

「着た着た。キャミだけど」

「髪《かみ》の毛《け》は乾《かわ》かさなくていいのか？」

「食べたら、すぐやるよ。おいしいご飯が冷めるのやだ」

普通《ふつう》にしている分には、やんちゃな妹と接しているようなものなんだけどな。

一緒《いっしょ》に「いただきます」をしながら、そんな感想を抱《いだ》いていた。

食事が終わったあとは、お待ちかねのゲームタイムだ。

三時間ほど遊んだところで、桐原《きりはら》が座ったまま、んん〜っ、と大きく背伸《せの》びをした。

「遊んだー。ちょっと休憩《きゅうけい》しよ」

玄関《げんかん》の方へ向かった桐原《きりはら》は、さっき俺が受け取った荷物を持ってすぐに帰ってくる。

「服でも買ったのか？」

「うん。私も、先生を見習おうと思ってさ」

言われて、首を傾《かし》げる。

最近、新しい服を買った記憶《きおく》はないし、オシャレをして桐原《きりはら》と会った覚えもない。

「じゃーん！　見て、これ」

箱を開封《かいふう》した桐原《きりはら》は、嬉《うれ》しそうに戦利品を見せびらかしてきた。

確かに服だけど、なんというか、パンクなジャンルだった。

桐原《きりはら》の私服は部屋着だけしか見たことがないから、すごく意外だった。

「普段《ふだん》はそういう服を着るんだな」

「いや、着ないよ？　もっと大人しいのを着てる」

そこまで言われて、ようやく気が付いた。

「言ったでしょ。先生を見習おうと思った、って」

「変装用？」

頷《うなず》いた桐原《きりはら》は、箱からさらに金髪《きんぱつ》ウィッグを取り出す。茶色もあった。

金色の方を被《かぶ》って、「どんな感じ？」と訊《き》いてきた。

「……別人」

「どれどれ」

てくてく、と部屋の隅《すみ》に置いてあるスタンド型の姿見へ歩いていく。

「うわっ、マジだ！　おもしろっ！」

金髪《きんぱつ》と茶髪《ちゃぱつ》を交互《こうご》に着けて、キャーキャーやり始める。こういうところは子供っぽい。

「先生のを初めて見たときも、別人だと思ったもんね。これなら一緒《いっしょ》にお出掛《でか》けしても大丈夫《だいじょうぶ》じゃない？」

秘密を共有するようになってから一ヶ月半近くになるけど、俺はまだ桐原《きりはら》と一緒《いっしょ》に外へ出掛《でか》けたことがない。

変装をしていても、やはりバレるのは怖《こわ》かった。

近くのスーパーへ一緒《いっしょ》に行くのでさえ、俺が断っていたくらいだ。

「ねぇ、デート行こうよ」

「考えておく」

「やだ。明日がいい。明日」

明日は土曜日で、天気もいいらしい。さっき、洗濯《せんたく》物を外に干す前に調べた。

「近場じゃなくて、ちょっと遠いところでショッピングなんてどう？　ショッピングモール、二人でぶらぶらしてみたい」

「それ、学校の奴《やつ》らが休日に行くところじゃないのか？」

「そうかもだけど、変装すれば大丈夫《だいじょうぶ》だよ。私たちを知っているひとほど気が付かないんじゃない？」

自分も変装をしているとき、同じ思考に至っていたので反論が難しい。

でも、できれば断りたい。うまい言い訳はないものか。

「ねぇー、行こうよー」

「うーん」

桐原《きりはら》は粘《ねば》ってくる。俺も、言い訳探しを粘《ねば》る。

「デートしてくれないなら、今晩、襲《おそ》っちゃうぞ」

とんでもないことを言われたけど、反応しない選択《せんたく》をしてみた。

「本気だよ？」

「それはそれとして、紅茶淹《い》れるか？　あったかいやつ」

「淹《い》れるー」

桐原《きりはら》は紅茶が好きだ。ティーバッグの安いヤツでも、淹《い》れると喜ぶ。

お湯を沸《わ》かしている間に、デートの件は流れてうやむやになった。桐原《きりはら》もパンクな服とウィッグをダンボール箱に片付けたし、うまくやり過ごせたはず……。

自分を褒《ほ》めたい気持ちでいっぱいだ。前世は諸葛孔明《しょかつこうめい》クラスの策士だったんじゃないか？

「お茶も淹《い》れてもらっちゃったし、もうちょっと遊びたいな？」

「いいよ」

一時間ほど、日付が変わるまで遊び続けた。

すると、どちらからともなく、あくびが漏《も》れ始める。いくら桐原《きりはら》が若くても、ほぼぶっ通しで五時間近く遊んでいると、さすがに疲《つか》れてくるらしい。

「寝《ね》るか？」

「うん」

寝《ね》る支度《したく》を済ませて、桐原《きりはら》と寝室《しんしつ》へ向かう。

桐原《きりはら》はベッドに、俺は持ってきた寝袋《ねぶくろ》を床《ゆか》に敷《し》く。

「先生、こっち来てよ」

掛《か》け布団《ぶとん》代わりに使っている大きいタオルケットの隅《すみ》をめくって、桐原《きりはら》が呼んでくる。

「いや、俺はこっちで」

「甘えたい気分なの。甘えさせてくれないの？」

少し棘《とげ》のある口調だった。言外に、交《か》わした約束の話をしているのだと主張している。

――甘えたいときに、なるべく甘えさせてほしい。

「……変なことしないなら」

「ん」

一応、不可侵《ふかしん》条約を結んでベッドにお邪魔《じゃま》する。

桐原《きりはら》に背を向けて寝転《ねころ》がる。枕《まくら》から桐原《きりはら》の香りがした。

電気が消えて、背中に桐原《きりはら》が密着してくる。腕《うで》も前に伸《の》びてきて、抱《だ》き枕《まくら》状態だ。

「ね、さっきのデートの話だけど」

桐原《きりはら》の指先が、俺の唇《くちびる》に触《ふ》れる。

「私、本気だから」

口の中に二本、指を突《つ》っ込まれる。歯の間を割って、舌を指で上下に挟《はさ》まれた。

「ちょ……」

「噛《か》まないでね」

有無《うむ》を言《い》わせない口調だった。逆の手で、俺の首筋や鎖骨《さこつ》をくすぐってくる。笑わせる手つきじゃなくて、そういう気分にさせる触《さわ》り方だ。

しかも、俺を逃《に》がさないように、腰《こし》付近に片足が巻き付いている。うなじや首筋に舌が這《は》うと、うひゃっ、と間抜《まぬ》けな声が自然に漏《も》れてしまう。

「こんなのでも反応しちゃうんだ？　でも、まだまだだよ？」

熱っぽい吐息《といき》と共に耳元で囁《ささや》かれる間、舌は挟《はさ》んでいる指でぐにぐにされている。

空いている手で色々な場所の反応を確かめられながら、肩《かた》や首を甘く噛《か》まれた。できれば、反応したくない。安いプライドなのはわかっているけど、俺にも男の意地がある。

「いいよ。がんばってみて」

鎖骨《さこつ》のくぼみを撫《な》でていた指が胸の方へ滑《すべ》っていく。途中《とちゅう》、つま先で肌《はだ》をくすぐられて、また声が出そうになった。なんとか耐《た》えていたら、肩《かた》にがぶりと歯を立てられる。これには、さすがに反応してしまった。

「ふふっ。おもしろ」

がじがじ、と歯を立ててくるが、痛みを感じるほどではない。強くしてきたあとは、必ず舌や唇《くちびる》で優《やさ》しく刺激《しげき》される。不覚にも安堵《あんど》していると、今度は吸い付いて別の感触《かんしょく》をぶち込んでくる。ぞくりとした感覚に身震《みぶる》いした。そして、舐《な》めたり、噛《か》んだりをしつこく繰《く》り返《かえ》してくる。飴《あめ》と鞭《むち》だ。何度かされるうちに、痛いのも気持ちよくなってしまう。身体《からだ》が汗《あせ》ばんでいるのが、自分でもわかった。焦《あせ》りや緊張《きんちょう》ではなくて、快楽のせいだ。人間、甘さが約束されているのがわかると、噛《か》まれたときも期待するようになるらしい。少し、怖《こわ》い。

「ここも触《さわ》ってあげるね。されたことあるかな？」

たまらなくなって息を荒《あら》くしていると、桐原《きりはら》は耳を攻《せ》めてきた。条件反射で逃《に》げようとすると、腰《こし》に回っている足の力が強くなる。

穴の中に、舌先を突《つ》っ込んで、耳を口に含《ふく》み、思い切り吸い上げてくる。

　脳みそを直接吸われるような感覚が鋭《するど》くて、つい声を上げてしまう。身体《からだ》をよじらせて逃《に》げようとするが、桐原《きりはら》は俺を捕《とら》えて逃《に》がさない。鳥肌《とりはだ》が立った。

「初めてだったかな。気持ちいいでしょ？」

　囁《ささや》かれたあと、耳たぶを舐《な》められた。唇《くちびる》で挟《はさ》まれて、キスもされる。

「ごめんね、先生。私たぶん、けっこうエッチ」

　知っていたつもりだったけど、わかってはいなかったようだ。ちょっと想像の域を超《こ》え過ぎていた。

　耳の穴だけじゃなくて、凹凸《おうとつ》もしゃぶるように舐《な》められる。

「桐原《きりはら》、もう……」

「だーめ」

　プライドを捨てて泣きを入れたが、足の巻き付きは緩《ゆる》まない。喋《しゃべ》るな、と言わんばかりに舌も強く指で挟《はさ》まれた。完全にしつけだった。

　どれくらいそうされていたんだろう。

　息も絶え絶えの状態になったところで、舌を指できゅっと最後に絞《しぼ》られて、口に入っていた指がようやく引《ひ》っこ抜《ぬ》かれた。巻き付いてた足や手もするりと抜《ぬ》けて、仰向《あおむ》けに寝転《ねころ》がされる。

　下腹部にまたがってきた桐原《きりはら》は、年下とは思えないほど優位を感じさせる目で、見下ろしてくる。桐原《きりはら》も俺も、汗《あせ》でじっとり濡《ぬ》れていた。

「これ以上やるとさすがに私も我慢《がまん》できなくなるんだけど、デートとどっちがいい?」

ベッドに沈《しず》んでいた俺の右手を探し当てて、俺の指を口元に持っていき、指をしゃぶり始める。飴玉《あめだま》のように舌先で指を転がされているだけなのに、気持ちよかった。

「わかった、降参」

言った途端《とたん》、楽しそうに微笑《ほほえ》まれた。

「やったね。明日は初デートだ」

俺の身体《からだ》から降りた桐原《きりはら》は隣《となり》に移動して、くっついてくる。

「でも、今日こそ落とせるかなって思ってたから、ちょっと残念」

聞こえないふりをして、やり過ごす。

……それにしても、危なかった。

本当に。

最後までしていたら、後悔《こうかい》していたと思う。

●

翌日。俺たちは普段《ふだん》、絶対にしない格好同士でショッピングモールを歩いていた。

休日の商業施設《しせつ》は子連れやカップルで混み合っている。ひとりで歩いている客は、あまり目立たない。

桐原《きりはら》は何を欲《ほ》しがるわけでもなく、俺と寄《よ》り添《そ》って歩いている。手を繋《つな》いだり、腕《うで》を組んで身体《からだ》を寄せてきて、たまに俺の顔を見上げて、目が合ったら微笑《ほほえ》みかけてくる。そんな感じだ。何も事情を知らない人間からしたら、ライブハウスあたりで出会った普通《ふつう》の若いカップルに見えるだろう。誰《だれ》も、生徒と先生などと思うまい。

「あ、ちょっとあそこ見ていい？」

桐原《きりはら》が指差したのはファンシーな小物が売っている雑貨店だ。

「いいけど、さっきから何も買わないんだな」

「欲《ほ》しいわけじゃないからね。でも、見るのは楽しいよ」

小物以外に、安っぽい指輪なんかも取《と》り扱《あつか》っている店だ。

「こっそりペアリングとかしてみる？」

「勘弁《かんべん》してくれ」

「冗談《じょうだん》だよ」

くすくすと楽しそうに笑われる。見た目は派手だけど、仕草は上品だ。知り合いに見られて怪《あや》しまれないかと思うのは、ビビり過ぎだろうか。

ひとしきり店を回ったあと、桐原《きりはら》の誘《さそ》いで通路のベンチに腰《こし》掛《か》けた。道行く人々をぼんやり眺《なが》めながら、桐原《きりはら》は握《にぎ》っている俺の手を弄《もてあそ》んでいる。

「てっきり、何か欲《ほ》しいものがあって買い物に来たんだと思ってたよ」

「んーん、そういうわけじゃないよ。家にずっといるのも、飽《あ》きちゃうじゃない？　それともゲームしたかった？」

「いや……誘《さそ》われない限りあまり来ない場所だから、新鮮《しんせん》ではある」

「それならよかった。私は、一緒《いっしょ》に並んで歩いてるだけでも楽しいよ」

「そうなのか？」

「うん。私がただの良い子じゃなくて、悪い子だって知ってるひとと、こうして過ごすのが夢だったの」

「…………」

「何？　意外？」

「いや、ありきたりだな、って」

「私らしいでしょ。絵に描《か》いたような真面目っ子」

笑ってはいるけど、どことなく儚《はかな》さも含《ふく》んでいる。どうせ一緒《いっしょ》に過ごすしかないから、そういうのは少し、取り去ってやりたかった。

「他に、何か憧《あこが》れてることは？」

「んー……ひとつあるかな？」

桐原《きりはら》は俺の手を引いて、ベンチから立ち上がる。向かったのは、フードコートの一角にあるアイスクリーム専門店だった。

「アプリ入れてると、二つ買ったらシングルがダブルになる。ワンフレーバーずつオマケしてくれるの」

桐原《きりはら》はチョコミントとレモンを。俺はソーダとイチゴにした。俺の方は、桐原《きりはら》の希望も入っている。

買い物が終わると、フードコートに設置されている飲食用のテーブルまで移動して、隣《とな》り合《あ》って座った。あいにく壁際《かべぎわ》の席は埋《う》まっていたから、広場の真ん中付近の席だ。

そこでアイスを食べ始める。

けっこうボリュームがあるせいで、コーンまでなかなか辿《たど》り着《つ》かない。

苦戦していると、桐原《きりはら》がちょいちょい、と袖《そで》を引っ張ってきた。

「一口ちょうだい？」

アイスを持っている手を上から握《にぎ》って、俺が食べていたところに口をつける。

冷たい物を食べているのに、桐原《きりはら》の頰《ほお》は少し赤い。色白だから、すぐにわかった。

「おいしいね。私のもどうぞ」

さっきまで桐原《きりはら》が食べていたところに、俺も口をつける。

ふふっ、と桐原《きりはら》がはにかむ。

「間接キス。憧《あこが》れてたの」

妙《みょう》な奴《やつ》だ。これよりも濃厚《のうこう》に唇《くちびる》を合わせたこともあるのに。

でも、何故《なぜ》か俺もちょっとドキドキしていた。

バレないように顔を背《そむ》けると、桐原《きりはら》は「えへへ」と笑いながら続ける。

「来てよかった」

照れもあってか、俺と桐原《きりはら》は黙々《もくもく》とアイスを食べることに集中し始める。

時間はちょうどおやつ時で、店内も徐々《じょじょ》に混み始めていた。俺たちの前後の列のテーブルも埋《う》まり始めて、広くない通路がさらに狭《せま》くなる。

「あのー、すみません～」

不意に、近くで声がした。通路を進もうとしていた若い女の子二人組だ。

「ちょっと通してもらっていいですか？　奥の、空いている席に行きたくて……」

既《すで》に使われている椅子《いす》が邪魔《じゃま》で、先に進むのが難しいらしい。

女の子二人組は先客に椅子《いす》を引いてもらいながら、こちらへやってくる。

最終的に、俺たちの真後ろの席に隣《とな》り合《あ》って座った。俺たちと、ちょうど背中合わせになる形だ。俺は、死ぬほど驚《おどろ》いていた。

隣《となり》の桐原《きりはら》に顔を寄せて、小声で尋《たず》ねる。

（なぁ、後ろの二人って……）

こくこく、と真顔の桐原《きりはら》が頷《うなず》く。見覚えがある子たちだった。私服だけど、背後にいる二人は、桐原《きりはら》と同じ生徒会のメンバーだ。

「やっぱり広いショッピングモールは楽しいよね。見てて飽《あ》きない！」

「ね！　一日中、暇《ひま》つぶせそう！」

二人は賑《にぎ》やかだが、こっちは正反対。無言だ。さっきから、背中には冷《ひ》や汗《あせ》が流れている。

（食べて、さっさと行こう）

こくり、と頷《うなず》いた桐原《きりはら》は二、三口ほど残っていたアイスのコーンを急いで食べ終えた。俺もペースを速めるが、その間も二人の会話は進む。

「今度、生徒会の先輩《せんぱい》も誘《さそ》って遊びに来たいよね」

「うんっ！　あ、そうだ。会長に電話で訊《き》きたいことがあったんだ」

げっ、と内心慌《あわ》てる。

桐原《きりはら》は連絡帳《れんらく》に登録しているメンバーそれぞれに着信音を設定するタイプで、休日はマナーモードにしない。

もしもすぐ後ろで鳴ったら――。

「仕事の話？」

「ううん、違《ちが》う違《ちが》う。この間つけてもらった香水《こうすい》、気に入ってもらえたかな～って。欲《ほ》しいなら代わりに買って行っちゃう」

「カナは会長が好きだよねぇ……」

「うんっ、大好き！　勉強も教えてくれるし、すごく優《やさ》しいんだもん。普段《ふだん》は目立たないけど、いざってときはすごく頼《たよ》りになるしさ」

言いながら、二人の片割れのカナちゃんがスマホを取り出した。

「あとこれ、この前初めて知ったんだけど……メガネを外した会長ってば超《ちょう》美人！　あれは多少強引《ごういん》にでも磨《みが》かないとっ！」

俺たちは席を立って移動を始めていたけど、混んでいるから、素早《すばや》く逃《に》げることができない。

桐原《きりはら》のスマホから、着信音が流れる。

「あれ？」

電話を掛《か》けたカナちゃんがこっちに振《ふ》り返《かえ》る気配がした。

それと同時に、桐原《きりはら》の手が、先行していた俺の手をグイッと引っ張った。なんだ？　と半身になって振《ふ》り返《かえ》った俺の顔を、桐原《きりはら》の両手が包み込む。

「……っ⁉」

俺とカナちゃんが、同時に息を呑《の》む。

背伸《せの》びをした桐原《きりはら》は人目をはばからず、フードコートのど真ん中で俺にキスをしていた。

「あ、あわっ！」

こういったことに免疫《めんえき》がないんだろう。生徒会の二人はさっと顔を逸《そ》らして、下を向いた。

それを横目で確認《かくにん》したらしい桐原《きりはら》は、俺の背中をそっと押す。

背後に別の客の視線を感じながら、そそくさとフードコートから脱出《だっしゅつ》――何も言わずに遠くへ離《はな》れた。

まだ心臓が飛《と》び跳《は》ねていた。鼓動《こどう》は速いのに、寒気がする。

フードエリアからアパレルコーナーまで移動してから、桐原《きりはら》に尋《たず》ねた。

「……助けてくれたのか？」

「うん」

当然だ、と言わんばかりの返事に、俺はちょっと驚《おどろ》いていた。

「そんなに変？　私、別に先生の人生を終わらせたいわけじゃないよ」

普通《ふつう》に繋《つな》いでいた手がほどかれて、いわゆる恋人繋《こいびとつな》ぎに変わる。

「私は人生が寂《さび》しくならないよう、一緒《いっしょ》にいて楽しいひとといたいだけ。できるだけ長くね」

……これを、俺はどう解釈《かいしゃく》すべきなのか。

喜ぶべきなんだろうか。

それとも、すぐに真っ当な人生には戻《もど》れないんだな、と恐怖《きょうふ》すべきなのか。

その考えは桐原《きりはら》の存在と同じで、表裏《ひょうり》一体《いったい》だ。魅力《みりょく》と破滅《はめつ》は常に背中合わせで、切《き》り離《はな》されはしない。

「もう、帰ろうか。デートって気分じゃなくなっちゃったでしょ」

「……そうだな。でも、その前にひとつだけ、寄らないか？」

答えはわからないけど、助けたお礼はしたかった。

「いいよ。どこ?」

「香水《こうすい》が売ってる店」

急に、桐原《きりはら》が立ち止まった。きょとんとした顔で俺を見つめている。珍《めずら》しく、時間が止まっていた。

「気に入ってたんだろ。柑橘《かんきつ》系の香水《こうすい》」

……。

ふふっ、と桐原《きりはら》の顔に表情が戻《もど》ってきた。

「とかなんとか言って、気に入ったのはそっちじゃないの?」

「いらないなら、寄らずに帰る」

「待って待って。いるいる。寄っていこう寄っていこう」

テンションが高い。その証拠《しょうこ》に、腕《うで》を組んで身体《からだ》を密着させてくる。今日一番の密着だ。

その後、桐原《きりはら》はカナちゃんにお試《ため》しで振《ふ》りかけられた香水《こうすい》を無事に見つけて、自分の金で購《こう》入《にゅう》した。

「さっき助けてくれたお礼に」と俺が出そうとしたけど、桐原《きりはら》に断られた。

「借りは作りたくない」と主張してみたけど、「それは私も同じ」と切り返された。

「お金の件で沼《ぬま》りたくないの。……楽しく、できるだけ長くいたいから」

神妙《しんみょう》な顔で言われて、俺も引き下がるしかなかった。

……過去に、俺以外の男と何かあったのかもな。

●

桐原《きりはら》は、買った香水《こうすい》を学校では使わない。

だけど週末になって俺が部屋に行くと、室内には柑橘《かんきつ》系の爽《さわ》やかな香りがほんのり漂《ただよ》うようになっていた。

そうやって、俺たちは少しずつ間違《まちが》いを重ねていく。

一緒《いっしょ》にいる時間が長くなって、秘密が増えるにつれて、過《あやま》ちは数も密度も増していく。

桐原《きりはら》と親密になるというのは、そういうことだ。

俺の罪は少しずつ、溜《た》まっていく——。

2. 嫌《きら》いなもの：浮気《うわき》・泥棒猫《どろぼうねこ》

七月に入り、暑さは厳しさを増している。元カノからの、特に意味のない連絡《れんらく》も『あづい』『暑すぎる～』という、気温に対するクレームに変わっていた。

学校では窓を閉めていてもセミの鳴き声が聞こえて、一気に夏らしくなっている。

夏休みが近付き、生徒たちの中には夏の計画を話し合う連中も見かけるようになった。

「その前に、期末試験でしょ」

「だねー」

そんな声を聞くと、こっちとしても気合いが入る。俺にとっては、初めての期末試験だ。

最近は連日、授業が終わったあと、暮井《くれい》さんと確認《かくにん》しながら問題を作っている。

難し過ぎず、簡単過ぎずのラインがなかなか難しい。

出題側の意図を、生徒たち全員が間違《まち》いなく受け取れるようにする問題文を作るのも意外と難しかった。

俺がひとまず全て作って、暮井《くれい》さんがチェックする。

今、放課後の職員室で見てもらっているので四稿《こう》目だ。

暮井《くれい》さんは真剣《しんけん》な眼差《まなざ》しで、提出したプリントを熟読している。

「どうですかね？」

あまりに反応がないので、おそるおそる訊《き》いてみた。

目線を上げた暮井《くれい》さんは、にこりと微笑《ほほえ》んだ。

「うん、いいと思います。お疲《つか》れ様《さま》でした」

言われた瞬間《しゅんかん》、はぁ～……とため息が出た。

喜びではなく、安堵《あんど》のため息だった。

「あらら。大丈夫《だいじょうぶ》？」

「……はい。ホッとしました」

「がんばってたもんねぇ」

暮井《くれい》さんも嬉《うれ》しそうに笑ってくれる。

「羽島《はしま》先生は真面目だから、けっこうプレッシャーに感じてたのかしら？」

「まぁ、初めての期末試験ですから」

「中間のときは、私が作るのを見ていただけだったからね」

「ですです」

連日、話し込むことが増えたせいか、俺と暮井《くれい》さんの距離《きょり》は少し縮まっていた。

「色々とお手数をお掛《か》けして、すみませんでした。ありがとうございました」

「いいえ、どういたしまして。初めてでこれだけできれば上出来よ。普通《ふつう》だったら、試験問題を作るために担当教科のテキストを何冊も解くんだから。それを省けたのは、羽島《はしま》先生が今までしっかり勉強してきたからよ。さすがに配点とか問題の質、量のバランスを取るのに苦労してたけど……本当、上出来よ」

褒《ほ》められつつ、渡《わた》したプリントを返される。あとは試験前に人数分、印刷するだけだ。作り始めたのは早かったのに、結局、期日ギリギリになってしまった。

「がんばったわけだし、土日はしっかり休んで——と、言いたいところなんだけど……」

「……わかってます。他の仕事、色々、押してますよね……」

期末試験前に、と行った実力テストの採点が残っている。生徒たちから提出されたノート（だいたいはルーズリーフだけど）のチェックも、ほとんど手付かずだ。

月曜日までに片付けなければいけないものも、当然ある。

「もういつもより遅《おそ》い時間だし、持ち帰っちゃう？」

「えぇ、そうします」

「じゃあ、今日くらいはゆっくり休んで。私は少し残って、片付けちゃうわ」

挨拶《あいさつ》をして、職員室を後にした。

校内を出てバスに乗り、スマホをタップする。

桐原《きりはら》と元カノから連絡《れんらく》が来ていた。元カノからのメッセージは画像付き。『明日さ、彼氏《かれし》とプール行くんだけど、どっちの水着がいいと思う？』と質問が来ていた。適当に返事をして、桐原《きりはら》のメッセージに集中する。

『今日、ご飯どうする？　何か頼《たの》む？　っていうか、ウチに来られる？』

送られてきたのは、一時間ほど前だ。

『ごめん、いま終わった。作るのは、勘弁《かんべん》願いたい』

送信して、吐息《といき》しながらバスの天井《てんじょう》を見上げる。

すると、返事がすぐに飛んできた。

『りょーかい。じゃあ、ピザでも頼《たの》むよ。Lサイズ一枚で足りる？』

ピザか。しばらく食べていないから大歓迎《だいかんげい》だ。

『十分じゃないかな』

『おっけ。悪いけど、炭酸系のジュースだけ買ってきて。ピザにはやっぱ、炭酸でしょ！』

『同意！』

『うぇいうぇーい。ひゃほーい！』

最後に、俺たちが一緒《いっしょ》にやっているネットゲームのマスコットキャラが踊《おど》り狂《くる》っているスタンプが送られてきた。

思わず、頬《ほお》が緩《ゆる》む。疲《つか》れているはずなのに。

何度も思ってきたことを、ふとこの瞬間《しゅんかん》も思う。

本当に、桐原《きりはら》が生徒でなければ何も問題がなかった。

理想の彼女だったかもしれない。

現に、週末に欠かさず通うようになってから、嫌《いや》な思いをした記憶《きおく》はないに等しい。


俺が家に着くと、食卓《しょくたく》には届いたばかりのピザが置かれていた。

氷を入れたグラスも準備されている。俺を出迎《でむか》えてくれた桐原《きりはら》はニコニコで椅子《いす》に座り、両足を軽くぶらぶらしてみせた。小さい女の子のようだ。

「ピザピザ、ピーザー♪」

明るく歌ったかと思えば、一転してキリッとした表情になる。

「これより、開封《かいふう》の儀《ぎ》を執《と》り行《おこな》う。心して掛《か》かれ」

ゲームのオープニングみたいなセリフをこぼして、ピザの箱を開けてくれた。

チーズとトマト、サラミがたっぷりトッピングされた定番の一枚だ。

おー、と二人で拍手《はくしゅ》した。

買ってきた炭酸飲料をグラスに注ぎ、手を合わせる。

「いただきます！」

最初の数ピースは、二人してがっつくように平らげた。

後半は、ジュースを飲みながらゆっくりと味わう。

「明らかなるカロリーの暴力……されど、いと、うまし。なんでピザってこんなにおいしいんだろ？」

「身体《からだ》に悪いからだろ」

「さすが先生。発言が健康的だ」

「……褒《ほ》められてる？」

「もちろん。私に家庭の味を教えたオトコだからね」

そんな、大げさなものでもないはずだけどな。

「こういうジャンクな食べ物はさ、たまにだからおいしく感じるんだよ。きっと」

ちょいちょい雑談を挟《はさ》みながら、Lサイズのピザを半分ずつ、綺麗《きれい》にお腹《なか》に入れた。

ふぅぅっ、とお腹《なか》をさすりながら桐原《きりはら》はほっこり笑う。

「食休みしたら、ゲームする？」

「あ、ごめん……。実は仕事を持ち帰っているんだ」

「そういえば鞄《かばん》を持ってきてたね」

「ごめんな」

「謝らなくていいよ。しょうがないじゃん。なんの作業をするの？」

「採点絡《がら》みだな」

「見ちゃいけないやつだ。じゃあ、こっちのテーブルはすぐに空けないとね」

立ち上がった桐原《きりはら》は、ピザのゴミを捨ててくれた。

その後、自分はいつもゲームをしている部屋に移動して、部屋の片隅《かたすみ》に畳《たた》んで置いてあった座卓《ざたく》を広げる。

「そっちでまだ何か食べるのか？」

「ううん、私も勉強しようかなって。期末近いし。近くでゲームしたら仕事の邪魔《じゃま》になっちゃうでしょ」

なんだかんだで、桐原《きりはら》は真面目にすべきところでは空気を読んでくれる。

鞄《かばん》を持ってきて、テキストとノートを広げる。

姿勢は真面目っぽく見えるが、服装はいつもの短パンとキャミソールだ。

……俺の方に身体《からだ》を向けているから、胸の谷間が見える。

どんな場面でも、目の毒にしかならない奴《やつ》だ。まったくもってけしからん。

「ん……？　なぁに？」

勘《かん》の鋭《するど》い奴《やつ》でもある。

「俺の前で勉強するの、初めてだなって」

ごまかすために出した適当な話題だったけど、あぁ、と桐原《きりはら》は怪《あや》しまずに頷《うなず》いてくれた。

「中間のときは、そんなに範囲《はんい》も広くないしね。期末はさすがに、少しやっておかないと」

それでも、少しの勉強で済むあたりが優等生らしい。

しばらく黙《だま》って作業に集中していたんだけど、時折、気になって桐原《きりはら》の姿を見てしまう。

床《ゆか》の上にクッションを敷《し》いているけど、同じ姿勢を続けていると身体《からだ》が痛くなるのか、見るたびに体勢が変わっていた。足を崩《くず》したり、伸《の》ばしたり、前のめりになってみたり。

桐原《きりはら》の両足は引《ひ》き締《し》まっているけど、同時に柔《やわ》らかくもある。なかなかの脚線美《きゃくせんび》だ。

……そういえば、大学時代に付き合っていた元カノとも、試験前はこうして勉強していた。同じ学部だったから、ノートを見せ合ったり、飽《あ》きたらちょっかいを出して、キスしてみたり。

懐《なつ》かしい思い出だ。

「何？　さっきからちらちら見てるけど、欲求不満？」

「違《ちが》う。ちょっと、昔のことを思い出していた」

「元カノのこと？」

「……よくわかったな？」

「大学時代に付き合っていた彼女の話、電話でちょっと教えてくれたじゃん」

「そうだったか？」

「あのとき、先生お酒飲んでたからなー。お酒飲むと、いつも記憶《きおく》飛んでるよね」

「深酒すると、だ。一杯《ぱい》や二杯《はい》だと酔《よ》わない」

「弱いじゃん」

笑いながらも、桐原《きりはら》はノートの中身を白紙のルーズリーフにがりがり書き写している。どうやら、書いて覚えるタイプの人間らしい。

俺も、手元に視線を移して作業に戻《もど》る。

「先生、期末試験の問題を作ってるって言ってたけど、それってひとりでやるの？」

「まさか。新人がひとりでやるのは無理だよ。暮井《くれい》さんが手伝ってくれてる」

「暮井《くれい》先生かぁ。あのひと男子に大人気だよ。美人だし、実はめちゃくちゃエロそう、って」

「勝手なこと言ってんなぁ……」

「先生の見立てでは違《ちが》うんだ？」

「職場の先輩《せんぱい》だし、そういう目で見たことはないよ。オシャレしたらすごく目立つだろうな、とは思うけど」

「とかなんとか言って、いつもドキドキしてるんじゃないの？　二人きりの職員室……あぁっ、ダメよ後輩《こうはい》クン！　みたいな？」

「ないない……」

「本当に？　一回も、これっぽっちも期待したことない？　ぜぇぇったいに？　こんな先輩《せんぱい》と恋人《こいびと》になれたらって考えたこと、一回もない？」

「ないない……」

……まぁ、まったくないと言えば嘘《うそ》になるけど。

「なんだ。つまんないの」

からかう感じではなく、心底残念そうな感じで言われてしまった。

「桐原《きりはら》は学校では静かだけど、意外と恋愛体質《れんあい》だよな。恋《こい》バナが好きというか」

たまに、恋愛《れんあい》ドラマや恋愛漫画《れんあいまんが》を見ている形跡《けいせき》もある。

「だって、男と女なんて突《つ》き詰《つ》めたらそういう話になるんでしょ？　たとえ学校であっても、職場であっても、それは変わらないんじゃない？」

「どうだろうな」

辞《や》めた会社では、社内恋愛《れんあい》の末に結婚《けっこん》した先輩《せんぱい》なんかもいたはずだ。そういえば、元カノの今カレも職場の同僚《どうりょう》だったか。

「大学では男と女が揃《そろ》えば、よくそういう関係になっていたけどな」

「ヤりたい盛《さか》りだしね。先生もあった？」

「まぁ、それなりに？」

「うわー、やーらしー」

「そっちから言ったくせに」

軽口を言い合いながらも、作業は進んでいく。

どうやら俺たちはお互《たが》い、雑談を交《か》わしながらの方が作業に集中できるタイプのようだ。

「私にはなかなか手を出してくれないけど、先生にも歴史あり、か」

「なんだよ。嫉妬《しっと》してるのか？」

「いや、別に？」

ふと、視線を感じて桐原《きりはら》の方を見る。

すると、桐原《きりはら》は満足そうに、悪そうに微笑《ほほえ》んでいた。

「だって、今はほとんど私のものだもん」

……。

視線を戻《もど》して、作業に集中する。

「先生、少し顔が赤いよ」

くすくす笑われたけど、無視した。

……本当に、困った奴《やつ》だ。

●

期日ギリギリに試験問題を作った時点でわかっていたことだけど、期末試験の時期はあっという間にやってきた。

「作るのには苦労するけど、試験が始まってしまえば授業がない分、楽だったりするのよね」

と暮井《くれい》さんが言っていたが、その通りだと思った。

最初こそ、問題にミスがないか……とひやひやしながら試験監督《かんとく》をしていたけど、生徒たちから質問や不満が出ることなく、試験は進んでいった。

「難し過ぎた」とか「簡単過ぎた」という声も聞こえてこない。

みんな、暮井《くれい》さんが今回の問題を作ったと思っているらしい。俺が問題を作ったことを知っている生徒は、桐原《きりはら》だけのようだ。

……実は、こっそり感想を尋《たず》ねてみたりもした。

『別に普通《ふつう》だったんじゃない？　いつも通りの問題だったよ』

返事のメッセージを打ち終わる前に、桐原《きりはら》は連投してきた。

『先生がよくがんばったってことだね。お疲《つか》れ様《さま》でした』

不覚にも、少し喜んでしまった。

戻《もど》ってきた答案用紙を採点してみると、中間試験のときと平均点はほぼ同じだった。桐原《きりはら》の感想は正しかった。

ちなみに、あまり勉強をしていないはずの桐原《きりはら》の点数は、満点に近い。これも中間試験のときと同じだ。

大した奴《やつ》だ、とも思う。

勉強に限らず、桐原《きりはら》は地頭がいいんだ。

ゲームも俺よりうまいし、何か新しいコンテンツが始まったり、アップデートが入ったときも、最短距離《さいたんきょり》で正解に突《つ》き進《すす》んでいる印象がある。ネットに攻略《こうりやく》情報が出回る前に、桐原《きりはら》はそのレベルでゲームを解いてしまう。

勉強ができるだけではなく、俺以外の教師にも気に入られている桐原《きりはら》は、俺のような失敗をしないまま未来を生きていくんだろう。

……なのに、どうしてあいつは俺なんかに固執《こしつ》するんだろうか？

「──せい、羽島《はしま》先生？」

少し強めに呼《よ》び掛《か》けられて、あ、と我に返った。

隣《となり》の席で、暮井《くれい》さんが心配そうに俺を見ている。

「大丈夫《だいじょうぶ》？　また考え事？」

「いえ、なんでもないです」

答案の採点をしている途中《とちゅう》に、つい考え込んでしまった。

「話、聞いてた？」

「いえ……すみません、なんでしょうか？」

「明日の飲み会の話よ。行けそう？」

期末試験は今日で終わりだ。そして、明日は花の金曜日。

採点は残っているものの、とりあえず一段落、ということで数日前から飲み会に誘《さそ》われていた。今のところ、ほぼ全員が参加予定だと聞いている。

「ええ。参加するつもりでいます」

「よかった。ほら、羽島《はしま》先生、主役だし」

今回の飲み会は、俺の歓迎会《かんげいかい》も兼《か》ねていると聞いている。出ないわけにはいかない。

「羽島《はしま》先生、お酒はけっこう飲むの？」

「飲むのは好きなんですけど、弱いんですよね……二杯《はい》くらいまでなら酔《よ》わないんですが」

「へぇっ。好きなのに飲めない、かぁ……ちょっと残念ね」

「暮井《くれい》先生は？」

「内緒《ないしょ》。当日のお楽しみ」

……これは、けっこう飲みそうだ。

得意げに笑うのを見て、そう直感した。

「そういえば、当日の会費って事前に集めているんですよね？」

「羽島《はしま》先生はいらないはずよ」

「え……いいんですか？」

「当然よ。主役だもの」

「……いいんですかね」

「いいのいいの。一学期がんばったんだし、気兼《きが》ねせず楽しんでくださいな」

「ちゃんとがんばれたんですかねぇ、俺……」

ほとんど、暮井《くれい》さんに面倒《めんどう》を見てもらっただけのような気がするんだよな。

「私も校長も、がんばってないひとを褒《ほ》める趣味《しゅみ》はないわよ？」

校長の名前が出てきたのは先日、暮井《くれい》さんを交えた俺の面談があったからだろう。

——一学期、お疲《つか》れ様《さま》。

——欠勤もなくやってもらえて助かった。よくやってくれた。

——だんだんと責任も増えてくるけど、がんばっていこう。

そんな話だった。

暮井《くれい》さんからも「試験問題もしっかり作れたし、授業の進行についても何も問題がないです」とお墨付《すみつ》きをもらえた。

「謙虚《けんきょ》な心は大事だけど、謙虚《けんきょ》すぎるのも周りからしたら困りものよ」

「……気を付けます」

「ふふっ。まぁ、褒《ほ》められていても、褒《ほ》められていなくても、すぐに次の壁《かべ》はやってくるだろうしね。というか、既《すで》にぶつかっているような気もするし」

「……クラスのかじ取りのことですよね」

実は、期末試験に入る前から、俺のクラスではちょっとした問題が起こっている。

「学校説明会の日の企《き》画《かく》、まだ決まってないんでしょう？」

「そうなんですよ……」

森瓦《もりかわら》学園では夏休みに入ってすぐのタイミングに、受験を控《ひか》えた中学生と、その保護者に向けた学校説明会が開催《かいさい》される。

生徒たちも、その日は模擬店《もぎてん》やイベントを企画《きかく》して説明会を盛り上げる。文化祭のようなものだ。

クラスそれぞれに保護者会から予算が割り当てられていて、それを元手に生徒たちは何かをやる。何をやるかは、生徒たちが自分で決めなくてはいけない。

「まだ意見がまとまらない？」

「……さすがに明日のホームルームでは決めたいです」

「そうね。何をやるにしても、準備を考えたら明日が限界だわ」

「俺が手を出しちゃいけないんですよね？」

「なるべくならね。どうしても揉《も》めるようなら、手を出すしかないけど——肩《かた》を持たなかった生徒は不満を持つわよね」

……うーん、と俺は頭をかく。

「バッチリ時間内に決めて、気持ちよく飲み会に出てきてね」

「もし、決まらなかったら？」

「決めるのよ」

「……はい」

揉《も》めているのをまとめるのは、昔から苦手だ。

……生徒たちが自分で決めてくれたら、一番助かるんだけどな。

●

翌日。期末試験の日程は全て終了《しゅうりょう》した。

本来なら昼までで授業は終わりなんだけど、俺が受け持つクラスだけは午後も居残りでホームルームの予定が入っている。

議題は、例の説明会で何をやるか、だ。

意見は真っ二つに割れている。

「だから、メイド喫茶《きっさ》でいいだろ」という男子数名。

「いやいや、今回は手堅《てがた》く模擬店《もぎてん》やろうよ」と反論する女子数名。

どちらにも、クラスの上位カーストに位置するメンバーが入っている。男子は東《あずま》。女子は笠《かさ》原《はら》だ。

積極的に発言しない生徒は、黙《だま》って議論を眺《なが》めているような状況《じょうきょう》だ。

数日かけたおかげで、意見がまとまりつつはある。

以前はメイド喫茶《きっさ》以外にも、お化け屋敷《やしき》やダーツバーといった候補が乱立していた。

何度も議論を重ねて、ようやく二つまで絞《しぼ》り込んだ。

でも、その先がどうしてもまとまらない。女子代表、笠原《かさはら》が熱弁する。

「説明会でもメイド喫茶《きつさ》やって、文化祭でも同じことやるわけ？　絶対に飽《あ》きると思うよ？　だったら、今回は学校から機材を借りられる定番の模擬店《もぎてん》でいいじゃん。くじ引きで、どれになるかわからないけど」

学校が提供できる機材には、たこ焼き用の鉄板や、焼きそばやお好み焼き用の鉄板、綿菓子《わたがし》の製造機なんかがある。

どれも、材料費さえ管理すれば手堅《てがた》く利益が出る。

独自にやりたいことがないクラスはほぼ全て、模擬店《もぎてん》で申請《しんせい》を出すそうだ。

そして、夏の説明会で得た利益は、秋の文化祭の予算に上乗せすることができる。

文化祭にも夏同様、保護者会から予算が出るけど、そこに追加できるんだ。

つまり、夏に稼《かせ》いで文化祭で本気を出す、ということができる。

夏のメイド喫茶《きつさ》に反対している女子の意見は、そこを重視している。

「でもさ、夏に同じ店やって、秋に完成度を高める奴《やつ》らもいるわけじゃん？」というのが男子の意見。

「あんたたち、ただ私たちにメイド服着せたいだけでしょ？」と笠原《かさはら》。

「違《ちが》うっての」と、男子を代表して東《あずま》。

「っていうか、そもそもメイド喫茶《きつさ》って男子は何をやるの？　一緒《いっしょ》に着てくれるの？」

「それでもいいんじゃねぇの？　ネタになるし」

「誰《だれ》が見たがるのよ」

結局、東《あずま》と笠原《かさはら》で口論になって、話がなかなか前に進まない。

「そもそも、メイド喫茶《きっさ》って本当におもしろいわけ？」

進まないどころか、後退し始めた。

「喫茶《きっさ》って言うからには、お茶とか食べ物も用意するんだよね？」

「そんなの適当な茶菓子《ちゃがし》と紙パックでいいだろ」

「普段《ふだん》着ない服を着て、適当なモノ出して、それで終わり？　単純につまんなくない？」

「いや、そこは黒板の前にステージ作って、歌でも歌ってさぁ……」

まったくまとまる気配がなく、雰囲気《ふんいき》も悪くなってきた。

――っていうか、疲《つか》れた。

――早く帰りたいし。

みんな、そんな雰囲気《ふんいき》になっている。

「……ってゆーか、先生はどう思う？」

女子に押され始めた東《あずま》が、助けを求めてきた。

「うーん……あまり手を出したくない、っていうのが本音なんだよな。なるべく、みんなで決めるように、って言われているし」

本音を口にした瞬間《しゅんかん》、クラス全員が冷めていくのを肌《はだ》で感じた。

ふと、辞《や》めた会社の上司の顔が頭をよぎって、どうにか言葉を繋《つな》げる。

「まぁ、それで決まらないから、先生に尋《たず》ねてくれているわけなんだよな」

そうそう、とあちこちで生徒たちが頷《うなず》く。

議論で熱くなっていたメンバーも、早く帰りたがっている生徒も、俺に注目する。

……どうすればいいかな。

クラス替《が》えまで、まだ先は長い。困ったときに頼《たよ》りになる方が仕事はしやすいだろう。

何か、いい案はないか――。

考え込んでいると、ふとある人物の仕草が目に留まった。

桐原《きりはら》だ。

俺に熱心な視線を送りながら、周りに気付かれないように、ちょいちょい、と自分の胸を指差している。

私に任せろ、と言いたげに。

「……桐原《きりはら》は、どう思う？」

俺の発言を受けて、全員の視線が桐原《きりはら》に向く。

「なんで桐原《きりはら》？　いや、生徒会長だけどさ」

ぼそ、と男子の誰《だれ》かが聞こえるように呟《つぶや》いた。

構わず、俺は続ける。

「今日だけじゃなくて、他の日も、ずっと何も言わずに聞いているだけだから。ちょっと意見を聞いてみたい。頼《たの》めるか？」

はい、と桐原《きりはら》はよく通る声で返事をした。

その後、自分を落ち着かせるためか、メガネの位置を軽く直す。

「ちょっと一回、みんなの意見をしっかり整理した方がいいと思います……男子にも女子にも確認《かくにん》したいんだけど、数日がんばって、メイド喫茶《きつさ》と模擬店《もぎてん》、二つに絞《しぼ》ったよね。その二つで意見が割れちゃってるんだけど、メイド喫茶《きつさ》をやってみたいって思ってるひとは、けっこう多いよね？」

桐原《きりはら》は、席に着いたまま、周囲を見回す。

反対意見は特にない。桐原《きりはら》はそのまま、女子の中で一番発言していた笠原《かさはら》に目線を送る。

「笠原《かさはら》さんも、秋にメイド喫茶《きつさ》をやることには反対してないよね？」

「うん。でもさぁ、夏は別にやらなくていいじゃん？」

「夏と秋、連続は嫌《いや》だって話だよね。あと、さっき話が出たけど、喫茶店《きつさてん》としても、ちゃんと準備したいんだよね」

「うん。食べ物のお店なんだから、やっぱおいしいもの出さないと盛り上がらなくない？」

「個人的には、それは大事だと思う。でも、今から本格的に準備するのは難しいかな。去年も生徒会にいたからわかるけど、喫茶店《きつさてん》ってけっこう大変なんだよね。教室には冷蔵庫がないでしょう？　焼《や》き菓子《がし》なら出せると思うけど、手作りのケーキとかをやるなら、保冷方法も考えないと。学校が事前に用意している模擬店《もぎてん》なら、その辺りのノウハウも蓄積《ちくせき》されてるんだけど、自分たちで喫茶店《きつさてん》をやるとなると、衛生周りの計画書から提出しないといけないんだ。夏にやるなら、そこも覚悟《かくご》しないとダメ」

へぇっ……と、どこかから感心したような声が漏《も》れた。

「先に私の意見を言っちゃうけど、メイド喫茶《きつさ》をやりたいってみんなが同意できてるなら、夏は資金集めに専念して、秋に本格的にやるのがベストだと思ってる。これ、女子の肩《かた》を持つわけじゃなくて、男子にもメリットがあるんだ」

桐原《きりはら》は、東《あずま》に目を向ける。

「東《あずま》くんがさっきちょっと言ってたじゃん。黒板の前にステージを作って、歌えばいいって。それってけっこういいアイディアだよ。楽しそうじゃない？　みんなでメイド服を着て、アイドルごっこもできるんでしょ？」

「あー、そうだな。うん、それそれ。それを言いたかった」

いや、絶対にそんなこと思ってなかっただろ、お前。

しかし、桐原《きりはら》は茶化さずに頷《うなず》いて、続ける。

「メイド喫茶《きつさ》を秋に先送りする最大のメリットは、今みたいな企画《きかく》を練る時間が手に入ることだよ。お店の食べ物についても、店内を盛り上げるイベントについても話し合える。今からやりたいことが決まっているっていうのは、大きな利点だよ。そこを意識して準備していけば、ここまでがんばって議論を続けてきたことにも意味が出てくる」

「それはそうだ」とまた男子の声。

「私、お菓子《かし》作り好きだからカップケーキのレシピとか考えた～い」と女子も盛り上がる。

一気に、クラスの空気が明るくなった。

「……あ、待てよ。金さえあれば、ひょっとして衣装《いしょう》も豪華《ごうか》にできたりする？」

「するんじゃない？」

東《あずま》と笠原《かさはら》の会話に、ある男子が割り込む。

「するぞ。メイド服ってけっこうピンキリだからな。ちょびっと乗せるだけで、全然違《ちが》う」

東《あずま》と笠原《かさはら》が、微妙《びみょう》な顔になった。

「……お前、なんでそんなこと知ってんの？」

「げっ、やべ」

わはは、と笑い声が上がる。

お利口さんモードの桐原《きりはら》も、珍《めずら》しく笑っていた。

「……みんな、決まりか？」

俺が問《と》い掛《か》けると、方々から「おっけー」「はーい」と声が返ってきた。

「じゃあ、模擬店《もぎてん》で申請《しんせい》出しておく。何を売ることになっても、秋の文化祭に向けてしっかり稼《かせ》ごう。食品衛生の講習は俺が受けてくるよ」

というわけで、無事にまとまった。

「日直！」

起立、の号令が掛《か》かる。礼が終わると三々五々、各々《おのおの》散っていく。

前の方の席で、女子が話しているのが聞こえてきた。

「さすが桐原《きりはら》さん、って感じだよね」

「こういうときは頼《たよ》りになるわぁ」

実は、「いざってときの桐原《きりはら》さん」は、知る人ぞ知る話らしい。

俺は暮井《くれい》さんから聞いた。

普段《ふだん》、あまり目立たず、地味で厄介《やっかい》ごとを押し付けられる桐原《きりはら》が、どうして生徒会長なのか。

単純に押し付けられたわけではない。森瓦《もりかわら》学園の生徒会長は文化系、体育系それぞれの部活の部長による選挙で決まるから、信任を得ていないとなれない役職だ。

桐原《きりはら》は頭の良さと、空気を読む力をうまく活用して、みんなの意見を無理なくまとめていくことができる。

たとえ意見が衝突《しょうとつ》していても、お互《たが》いの考えをきちんと整理して、適切な妥協点《だきょうてん》……みんなが納得《なっとく》できる落としどころに話を持っていくことができるのだそうだ。

先ほどやったのが、それなんだろう。

接点がない生徒からすれば、桐原《きりはら》は「地味な生徒会長」に過ぎない。でも、同じクラスになったことがある生徒、部活で役職に就《つ》いている生徒、そして教師は彼女に一目置く。

……なんか、かっこいいよなぁ。

「先生、ばいば〜い」

「ああ、じゃあな」

教室を出て行く女子を見送りつつ、俺も職員室へ戻《もど》る準備を始める。

その途中《とちゅう》、スマホが震《ふる》えたのを感じて画面を確認《かくにん》する。

……桐原《きりはら》からのメッセージが届いていた。

教室にはまだ、生徒が少し残っている。スマホを触《さわ》っているのは、桐原《きりはら》だけじゃない。

バレる危険性はないと考えて、メッセージを確認《かくにん》した。

『飲み会、気持ちよく行けそう？』

今日は金曜日だ。用事がなければ桐原《きりはら》の家に行くはずだったから、飲み会のことは事前に伝えてある。

『うん。助かったよ。ありがとうな』

『どういたしまして。役に立てて、よかった』

続けて、もうひとつメッセージが来る。

『終わったら、ウチに来るんでしょ？』

『その予定だよ』

桐原《きりはら》の自宅近くのコインロッカーに、変装グッズ一式を入れてきてある。

『遅《おそ》くなるようなら連絡《れんらく》する』

『わかった。ゲームしながら待ってるね』

スマホを仕舞《しま》って、職員室へ向かう。

「先生、さようなら」

挨拶《あいさつ》してきたのは桐原《きりはら》だ。

「さようなら。また来週な」

「はい。また来週です」

俺たちは、嘘《うそ》つきだ。

悪いことなのは百も承知だが、少し楽しい。……毒されてるな。俺。


放課後、残っていた期末試験の採点を暮井《くれい》さんと手分けして進めながら、飲み会の開始時間を待つ。予約の時間が近くなってから、先輩《せんぱい》たちと移動した。暮井《くれい》さんも一緒《いっしょ》だ。

普段《ふだん》は車で通勤している先生たちも、今日はバスで出勤していたらしい。

飲み会に行く機会はなかなか設けられないから、こういうときはみんな我慢《がまん》するのだと言う。

案内されたのは、駅近くにある大手の居酒屋チェーン店だった。二時間飲み放題、食べ放題が基本コースのリーズナブルなところだ。元個人居酒屋店のバイトとしては好んで行く場所ではないけど、会費もタダだし、自分の歓迎会《かんげいかい》でもあるから、当然文句はない。

宴会《えんかい》用の広い個室に、教員のほぼ全員が集まっていた。校長や教頭も一緒《いっしょ》だ。一学期の労《ねぎら》いと、俺に対する歓迎《かんげい》の言葉から始まり、最後は俺に軽く挨拶《あいさつ》するよう促《うなが》された。

「赴任《ふにん》してからあっという間の数ヶ月でした。おかげさまで、毎日が充実《じゅうじつ》しています。引き続き、よろしくお願いいたします」と当《あ》たり障《さわ》りのない挨拶《あいさつ》をして、乾杯《かんぱい》の音頭《おんど》を取った。

当たり前の話だけど、職員室で仕事をしているときに比べると、先輩方《せんぱいがた》の表情は明るい。

……というか、明るすぎるくらいだった。

普段《ふだん》は「へ」の字口を崩《くず》さない中年の先生が、ビール一杯《ぱい》で顔と髪《かみ》の毛《け》が少なくなった頭を真っ赤にして、へらへら笑っている。

隣《となり》にいる暮井《くれい》さんが、俺の方を向いて呟《つぶや》く。

「普段《ふだん》がカタい仕事だから、お酒が入るとみんな陽気になるのよね」

そういう暮井《くれい》さんもグラスにたっぷり注がれたビールを飲んでいるが、いつも通りだ。顔色も表情も、口調も、何も変わらないように見える。

「あっ、羽島《はしま》くん。いかんよぉ」

反対側の隣《となり》に座っていた三十代の先輩《せんぱい》が、いきなり俺と肩《かた》を組んできた。

「暮《くれ》井先生のグラスが空きそうだ。ビール頼《たの》んでおかないとぉ」

「あぁ、そうですね。暮《くれ》井先生、ビールでいいんですか？　他のお酒にします？」

「……ううん、ビールで。ごめんなさいね」

「いえ」

店員を呼び止める前に、他のひとたちにも追加注文がないか尋《たず》ねる。

結局、ビールの追加を五杯《はい》ほど頼《たの》むことになった。面倒《めんどう》なので、ピッチャーも追加しておく。

店員とのやり取りを終えると、隣《となり》の先輩《せんぱい》はまた俺に話《はな》し掛《か》けてきた。

「しかし、羽《は》島《しま》くんは今時珍《めずら》しいね。新卒の会社を辞《や》めてわざわざ教職に就《つ》くなんてさ。普通《ふつう》の会社に入ったけど、やっぱり教職に就《つ》きたくてこっちに入ってきたクチかい？」

「ええ、まぁ、そんなところです」

俺が教職に就《つ》いた本当の経緯《けいい》を知っているのは、校長と暮《くれ》井さんだけだ。みんな多忙《たぼう》なのもあって、他の先生とは暮《くれ》井さんほど接点がないから、話し込む機会も今までなかった。

「えらい！　大したもんだ！　やっぱり教師たるもの、情熱がないとね！　俺が教師になるってなったときは親に心配されて、反対されてさぁ……」

突然《とつぜん》始まった身の上話に、相槌《あいづち》を打ちながら黙《だま》って耳を傾《かたむ》ける。

ビールがなくなりそうなタイミングを見計らっては、ピッチャーで注ぎ続けた。

暮井《くれい》さんは俺の隣《となり》で静かにビールを飲み続けていたが、教頭に呼ばれる。

「校長にお酌《しゃく》してあげられるかな？　キレイどころに注いでもらえると、やっぱり気分がいいから」

「あら、光栄です」

暮井《くれい》さんが席を立つ。すると、身の上話を続けてきた先生がニンマリ笑って、潜《ひそ》めた声で俺に言ってきた。

「暮井《くれい》先生とはずいぶん仲がいいみたいだけど、好きだったりするのかい？」

「え？　いや、そういうわけでは……」

「ただ、面倒《めんどう》を見てもらっているだけ？」

「ええ」

それ以外、本当に何もなかったので、素の状態で戸惑《とまど》ってしまった。

裏がないと判断したのか、先輩《せんぱい》は「なんだ」と残念がる。

「盛り上がっているように見えたから、そういうことなのかなと思ってたんだけど」

「暮井《くれい》先生は優《やさ》しいですからね」

「うーん。君には特別、優《やさ》しいような気もするんだけどね」

「同じ担当教科の後輩《こうはい》だから、そう見えるんじゃないんですか？」

暮井《くれい》さんは校長にお酒を注いでいる。校長に何か冗談《じょうだん》を言われたみたいで、上品に口元を手で隠《かく》しながら笑っている。校長も、そばにいる教頭も笑っていた。楽しそうだ。

「少なくとも、羽島《はしま》くんの方には下心があるんじゃないかと思ってたんだけどねぇ。見ての通り美人だし。……っていうか、本当に興味ない？」

「綺麗《きれい》な方だとは思いますが、そういう感情は特に……」

「へぇっ……今、付き合っているひとでもいるのかい？」

「いえ、いないですよ」

大っぴらには言えない関係の相手はいるが、恋人《こいびと》ではない。

「今まで誰《だれ》とも付き合ったことがない、とかではないよね？」

「大学のときの彼女とは長かったですけど、卒業前に別れて、それっきりです」

「新しい子も捕《つか》まえなかったんだ？　若いのに枯《か》れてるね〜。早く結婚《けっこん》したいとかはないの？　家庭を持つのはいいよぉ！　うちは最近、娘《むすめ》が生まれたんだけどね……あ、写真見る？」

「せーんせ、ダメですよ」

ポケットからスマホが出てきそうなところで、暮井《くれい》さんが戻《もど》ってきた。

「結婚観《けっこんかん》はひとそれぞれ。奥さんと娘《むすめ》さんを深く愛しているのは知ってますけど、うちの後輩《こうはい》にそれを押し付けないでください」

「あー……それは、はい。すみません。ごめんね、羽島《はしま》くん」

「いえ。娘《むすめ》さん、可愛《かわい》い盛《さか》りなんでしょうね」

「そりゃもう、ね。うん。でへへ」

お酒のせいか、とてつもなく締《し》まりのない笑顔《えがお》で照れていた。

「およ、羽島《はしま》くん。お酒、もう入ってないじゃない。何にする？」

「あ、いえ、俺はもう……」

「羽島《はしま》先生、あまりお酒が強くないんですって。無理させないでくださいな」

俺が断るより先に、暮井《くれい》さんが言ってくれた。

いつの間にやらけっこう時間が経《た》っていたようで、一次会はまもなくお開きとなった。

店を出たあと、二次会へ行くメンバーを他の先生が募《つの》っていた。

暮井《くれい》さんは人気で、複数の先生から誘《さそ》いを受けていたが、「あまり遅《おそ》くなると、物騒《ぶっそう》ですから」とうまく断っていた。

俺も誘《さそ》われたけど、「残念ながら、予定があって」と断る。

時刻は午後十時を過ぎている。桐原《きりはら》のところへ行けるのは、一時間後になるだろうか。

帰宅組は、帰り道にひとりにならないよう、数人でグループになってタクシーを捕《つか》まえていた。

俺は、同じ方角のメンバーで相乗りしようという魂胆《こんたん》だ。

俺は、暮井《くれい》さんと一緒《いっしょ》になった。

本当は家ではなく、桐原《きりはら》の自宅へ向かいたかったけど、暮井《くれい》さんをひとりにするわけにはいかない。時間はロスするけど、一旦《いったん》、自宅に帰るしかなさそうだ。

運悪く、俺たちの番でタクシーの列が一度途切《とぎ》れてしまう。

そして、後続がなかなか来ない。

「飲み会、楽しかった？」

「えぇ。ごちそうさまでした」

「会費、私が出したわけじゃないわよ」

「でも、みんなで出し合ったんだから、暮井《くれい》先生にもごちそうになっているでしょう？」

「……それも、そうか」

暮井《くれい》さんは微笑《ほほえ》む。

「まぁ、楽しかったならよかったわ。よかったよかった」

そのまま、ずっとニコニコしていたが、俺は首を傾《かし》げる。

確信は持てていないけど、暮井《くれい》さん、もしかして……。

「あの……何か、怒《おこ》っていますか？」

暮井《くれい》さんは、驚《おどろ》いた様子でまばたきを止めた。いつもより少し、目が大きく開いている。

「……どうしてそう思ったの？」

「なんとなくですけど……なんか、違和感《いわかん》があって」

……ふぅーん、と暮井《くれい》さんが感心するように唸《うな》る。

「羽島《はしま》先生って、よく見てるのね」

「えっと、俺、何か失礼なことをしましたか？」

んー、と暮井《くれい》さんは顎《あご》に指を乗せて考える。

「ねぇ、よかったら少し、どこかで座らない？　タクシー、来ないし」

立ち話では終わらないような、込《こ》み入《い》った話なのだろうか。

桐原《きりはら》は待っていそうだけど……このまま立ち去ると、あとで気になりそうだ。それが月曜日まで続くのは避《さ》けたい。

「何か、予定ある？」

「大丈夫《だいじょうぶ》です」

いったい、暮井《くれい》さんは俺の何が気に入らなかったんだろう。

不安な気持ちを抱《かか》えながら、歩き出した暮井《くれい》さんを追った。

数分後、俺は暮井《くれい》さんと共にバーのカウンター席へ座っていた。

さっきまで入っていた騒々《そうぞう》しい店ではなく、落ち着いた雰囲気《ふんいき》の、大人な空気が流れる店だ。

どこか公園のベンチにでも座るのかと思っていた俺は、思いもよらぬところへ案内されて戸《と》惑《まど》うしかない。

「ごめんねぇ、付き合ってもらっちゃって」

カクテルグラスに注がれた美麗《びれい》な色のお酒に、くいっと優雅《ゆうが》な仕草で口をつける。本当に、美味《おい》しそうに飲む。さっき、ビールを飲んでいたときとは全然表情が違《ちが》った。

「羽島《はしま》先生もどうぞ。それ、ノンアルコールだから」

「……いただきます」

暮井《くれい》さんからおごられたドリンクで、俺も口内を湿《しめ》らせる。さっぱりとした風味のカクテルだった。

「羽島《はしま》先生に対して怒《おこ》ってたわけじゃないのよ。強《し》いて言うなら、あの場に怒《おこ》ってたっていうか……」

暮井《くれい》さんは、言いにくそうに言葉を濁《にご》す。

アルコールが入っているせいか、いつもより表情が豊かだ。感情が出やすくなっている。

「仕事がカタいせいか、みんな、お酒が入ると本っ当に悪い意味で盛り上がっちゃうのよね。パワハラ、セクハラ、モラハラのオンパレードだったでしょ？」

「あー。あぁー……」

俺は別に気にならなかったけど、そう言われると、そうだったかもしれない。

「別に、羽島《はしま》先生の元カノの話なんて、どうでもいいでしょう？　仕事に関係ないし。ただみんな、おもしろがっておもちゃにしようとしているだけなのよ。お酌《しやく》だって、あんなの昭和のお茶汲《ちやく》みと何が違《ちが》うのよ。羽島《はしま》先生の歓迎会《かんげいかい》なのに、本人に働かせるなんてどういうつもり？ ……みたいなことを、思っていたってわけ」

「ありがとうございます。暮井《くれい》先生は、やっぱり優《やさ》しいですね」

「そうでもないわよ。結局、校長と教頭にイライラしているだけな気もするし。……結婚《けつこん》の予定はあるのかね？ って聞かれて、さすがにカチンときた」

「そ、それは……気の毒でしたね……」

遠くから眺《なが》めているときは冗談《じようだん》で笑っているのかと思っていたけど、とんでもなかった。

「……羽島《はしま》先生も色々と言われてたけど、あれって、今までは私がやられてたのよ。私が一番、年下だから」

「なるほど。最年少が変わったので、立場も入《い》れ替《か》わったと」

「歓迎会《かんげいかい》だったのにごめんなさいね。ここに連れてきたのは、私なりの罪滅《つみほろ》ぼしってわけ」

「気を遣《つか》わなくてもよかったのに。ここ、お気に入りのお店なんですか？」

「たまにね。落ち込んだときとか、逆に気分がアガっているときに来るの」

「いいお店ですよね。お酒、おいしいですし。……でも、よかったんですか？ 秘密のお店だったんじゃ？」

「そうだったけど、羽島《はしま》先生ならいいかなって」

暮井《くれい》さんはカクテルグラスの縁《ふち》を指でなぞって、俺を流し目で見る。

「って、ごめん。いまめちゃくちゃ上から目線だった」

「暮井《くれい》先生なら構わないですよ。実際、お世話になってますし」

「それならよかった」

はぁっ、と暮井《くれい》さんが顔を下向かせて、吐息《といき》をつく。

「ダメだ。私、今日けっこう酔《よ》ってるかも。いつもはこんなことないのに」

「わりと飲んでましたからね」

「いつも、あんな感じなのになぁ。後輩《こうはい》ができて浮《う》かれてるのかしら」

恥《は》ずかしそうに、自分の両頰《りょうほお》に両手を添《そ》えている。照れている暮井《くれい》さんを見られるのはなかなか新鮮《しんせん》だった。

「できれば、今の私は忘れてちょうだい」

「努力します」

できます、とは言えなかった。それくらい、今の暮井《くれい》さんは普段《ふだん》とギャップがある。

色気があって、まるで悪い子モードの桐原《きりはら》みたいだ。

……あ。

しまった、と思いつつスマホで時計を見る。

時間は午後十一時。『まだかかる?』と桐原《きりはら》からメッセージも来ていた。

「……ごめんなさい。遅《おそ》くなっちゃうわね。もう、行かないと――」

暮井《くれい》さんがカクテルグラスの残りを飲み干す。俺も後に続いた。暮井《くれい》さんは店員に「お会計を」と言いつつ、バーカウンターの席から降りる。

その直後、ふらりとよろけた。

「暮井《くれい》先生⁉」

どうにか、転ぶ前に支えることができた。

暮井《くれい》さんはそのまま、俺の方へ体重を預けてくる。腕《うで》の中にすっぽりと収まった。

「ご、ごめんなさい！」と暮井《くれい》さんが身体《からだ》を離《はな》す。

「大丈夫《だいじょうぶ》ですか？」

「うん……本当に酔《よ》ってるみたい」

支えていた腕《うで》を、そっと離《はな》す。

「助けてくれてありがとうね」

照れくさそうに笑う暮井《くれい》さんは、やっぱり美人だった。

暮井《くれい》さんはバーを出たあとも少しふらついてしまっていた。

転ばないよう、俺の腕《うで》を掴《つか》んでもらいながらタクシー乗り場まで歩き、一緒《いっしょ》に車内へ乗り込んだ。

「そちらのお姉さん、大丈夫《だいじょうぶ》？　できれば、酔《よ》ってるお客さんをひとりで乗せたくないんだけど……」

遠回りだったけど、暮井《くれい》さんの自宅付近まで向かって、先に降りてもらうことにした。到着《とうちゃく》するころには酔《よ》いもだいぶ醒《さ》めていて、足取りもしっかりしていた。もう大丈夫《だいじょうぶ》だろう。そこまでの運賃も、ちゃんと支払《はら》ってくれた。

『……ごめん。今から行けるんだけど、寝《ね》ちゃったか？』

俺は鍵《かぎ》を持っていないから、桐原《きりはら》が寝《ね》ていたら、帰るしかなくなる。

でも、返事はすぐに戻《もど》ってきた。

『待ってる』と。

タクシーに行き先を告げて、落ち着きのない時間を過ごした。

変装グッズを入れたコインロッカーの前で降ろしてもらって、回収後は、着替《きか》えずに桐原《きりはら》の自宅へ向かった。午前一時を過ぎて、人通りはほとんどない。だからもういいだろう、と。

玄関《げんかん》の前で『着いた』とメッセージを送ると、すぐに鍵《かぎ》が開いた。

「……お疲《つか》れ様《さま》。遅《おそ》かったね」

さすがに桐原《きりはら》は眠《ねむ》たそうだった。いつものキャミソールに短パン姿で目を擦《こす》っている。

「ごめん。ちょっと色々あって」

「そか。……って、変装もしてないじゃん。とりあえず早く入って」

室内に入ると、桐原《きりはら》は鞄《かばん》を受け取ってくれた。

「シャワー浴びるよね？」

「あぁ……貸してもらえると嬉《うれ》しい」

「うん、どうぞ。……ん？」

……すん、と桐原《きりはら》が鼻を鳴らした。

「んん？」

俺の腕《うで》を取って、顔を近付けてくる。


「……香水《こうすい》の匂《にお》いがする」


あぁ、とすぐに原因に思い当たる。

「そうか。いや、実はさ」

「誰《だれ》？　誰《だれ》と一緒《いっしょ》にいたの？」

俺の言葉を遮《さえぎ》って、桐原《きりはら》がぎゅうっと手を握《にぎ》ってくる。

「誰《だれ》とひっついた？」

「暮井《くれい》さん、だけど」

やましいことなんてないのに、圧を感じて弱い返事をしてしまう。

「……そう、暮井《くれい》先生と」

途端《とたん》、桐原《きりはら》がジト目になった。

やけに機嫌《きげん》が悪い。露骨《ろこつ》だ。

「ふーん、そう暮井《くれい》先生と」

「口説いたの？　口説かれたの？」

「いや、そうじゃなくて。ちょっと誘《さそ》われて、飲み直しに一軒《けん》寄っただけだ」

「香りが移るくらい、近い席で？」

「暮井《くれい》さん、少し飲み過ぎたんだよ。千鳥足だったから、転ばないように支えただけで……」

「ふぅーん」

不機嫌《ふきげん》モードは解除されない。それどころか、ますます深まるばかりだ。

「なんだよ」

俺としても、いきなり突《つ》っかかられている状態なのでおもしろくない。

「……ごめん。そりゃあ、先生からしたら理不尽《りふじん》だよね」

桐原《きりはら》は俺の手を握《にぎ》ったまま、下を向いてぶつぶつ言い始める。

「わかってるよ。もともと、私が強引《ごういん》に引き留めてるだけ。独占《どくせん》する資格なんてない。そんなの、頭ではわかってるよ」

けどさ、と言ったあと、桐原《きりはら》が顔を上げる。

「めちゃくちゃムカついた」

言われた瞬間《しゅんかん》、強い力で腕《うで》を引っ張られた。

暮井《くれい》さんほどではないにしろ、俺も少し酔《よ》っている。転ばないように、よろける足でなんとか桐原《きりはら》についていって、寝室《しんしつ》に引っ張り込まれた。ベッドに引《ひ》き倒《たお》される。

上に乗った桐原《きりはら》は俺の服のボタンに手を掛《か》けた。引き千切りそうな勢いで乱暴に外していく。

「ちょっ、桐原《きりはら》」

「脱《ぬ》いで」

「落ち着いて」

「脱《ぬ》いで！」

あっという間に上半身を剝《む》かれ、剝《は》ぎ取《と》られたズボンも床《ゆか》へ放り投げられてしまった。

馬乗りになった桐原《きりはら》は着ていたキャミソールとブラを取り去り、それも遠くへぶん投げる。

暗い部屋の中に、綺麗《きれい》な身体《からだ》の線が浮《う》かび上《あ》がる。

「私も悪いけど、銀《ぎん》も暮井《くれい》先生も悪い。私の地雷《じらい》、踏《ふ》み抜《ぬ》いた」

なんのことだかさっぱりだけど、桐原《きりはら》が本気で怒《おこ》っていることはわかる。

桐原《きりはら》は倒《たお》れ込んできて、俺に自分の身体《からだ》を強く押し付けてきた。

胸と胸が合わさる。間に、柔《やわ》らかい感触《かんしょく》が挟《はさ》まっている。

「……待ってたんだよ。お風呂上《ふろあ》がりにボディークリーム塗《ぬ》って、香水《こうすい》つけて」

しっとりとした肌《はだ》を、身体《からだ》を揺《ゆ》らしてすりすりと擦《こす》り付《つ》けてくる。

動物のマーキングみたいだ。

暮井《くれい》さんの痕跡《こんせき》を消すための動き。情愛を示すためではなく、縄張りを守るための。

ベッドに沈《しず》んでいた俺の左手を拾い上げて、ぎゅっと握《にぎ》り込んでくる。背中に回されたもう片方の手は、俺を抱《だ》き締《し》めてくる。どちらもちょっと痛い。安心感を与《あた》える抱擁《ほうよう》ではなくて、相手を縛《しば》り付《つ》ける拘束《こうそく》だ。

考えるまでもなく、桐原《きりはら》が俺にここまで執着《しゅうちゃく》を見せるのは初めてだ。

今までは必ず余裕《よゆう》を持って、俺をからかうようにしてきた桐原《きりはら》が、必死に自分を痛ましいほどアピールしている。

意外だった。

自分を甘えさせてくれるなら、誰《だれ》でもいいのだと思っていた。

俺個人にではなく、そういう存在に価値を見出《みいだ》しているのだと思っていたのに。

「桐原《きりはら》」

「黙《だま》って」

冷房《れいぼう》が効いていない部屋で動くものだから、桐原《きりはら》は汗《あせ》ばんでいる。

構うことなく、桐原《きりはら》は身体《からだ》を擦《こす》り付《つ》けたまま、俺の顔の方へ位置をずらしていく。

「キスさせて」

俺の返事は待たずに、桐原《きりはら》は唇《くちびる》を奪《うば》ってくる。

貪《むさぼ》るようにがっついてきたから、歯が当たってしまった。

いつもなら、こんなことはしない。丁寧《ていねい》に感触《かんしょく》を楽しむ余裕《よゆう》は、今の桐原《きりはら》にない。

一方、俺の方も——酒が入っているせいか、なんだかムカついてきてしまった。

桐原《きりはら》も言っていたけど、怒《おこ》られる筋合いはない。俺にはなんの非もないんだ。

一度そうなってしまうと、暴力的な気分にもなる。……だから、仕返しをすることにした。

「んっ……ンンッ？」

唇《くちびる》を合わせたまま、握《にぎ》っていた手をほどいて、桐原《きりはら》の背中に左手の指を這《は》わせる。背筋のくぼみに沿って指を這《は》わせても大きな反応はない。そこで、脇腹《わきばら》と背中の中間あたりを探《さぐ》ってみることにした。肋骨《ろっこつ》の硬《かた》さを感じながら指を蛇行《だこう》させる。あるところで、んっ、と桐原《きりはら》が身体《からだ》を跳《は》ねさせた。ここか。

「んんぅ……」

間違《まちが》いない。爪《つめ》の先でくるくる刺激《しげき》すると、赤《あか》ん坊《ぼう》がむずがるような声を出す。指を少しだけずらして、反応するポイントを中心に円を描《えが》き、焦《じ》らす。桐原《きりはら》は再びキスに集中し始めるが、前触《まえぶ》れなくまた爪《つめ》で刺激《しげき》してやると、ぎしっ！　とベッドが鳴るくらい、激しく身体《からだ》が跳《は》ねた。

「ぷはっ。まって、せんせ、なんで、急に……ひゃうっ！」

俺の方から攻《せ》めるのは初めてだったから驚《おどろ》いたんだろう。でも、そんなのは知らない。

背面の弱いところを探《さぐ》っている左手はそのまま、右手を内股《うちまた》に這《は》わせてみた。太ももの付け根。へこんでいるところに指を蛇行《だこう》させると、桐原《きりはら》は目に見えて焦《あせ》った。

「や、やぁぁ……」

ここは元カノが好きだった場所だ。

――覚えててね、銀《ぎん》。女の子の身体《からだ》はねぇ、宝の山なんだよ。

――必ず気持ちいーとこあるから、いっぱい探してあげてね。

そんな言葉を思い出しながら、桐原《きりはら》を攻《せ》め立《た》てていく。

「なんでそんな、遠いところばっかり……ううぅぅっ」

いいところには違《ちが》いないが、決定打にはならないらしい。でも、簡単には希望は叶《かな》えない。

呼吸が乱れて、細かく切れるようになって、身体《からだ》の震《ふる》えも小刻みになったところで、ようやく下着の中心を手のひらで触《さわ》って、揺《ゆ》らしてやる。汗《あせ》か違《ちが》うものかわからないが、濡《ぬ》れた感触《かんしょく》があった。

「ひゃっ、あっ……ん、んぅぅぅ〜〜っ……」

桐原《きりはら》が身体《からだ》を強張《こわば》らせて、数秒間震《ふる》え続ける。かと思えば、くたり、と脱力《だつりょく》して俺の上で

力尽《ちからつ》きた。……少し、やり過ぎたかもしれん。っていうかこいつ、攻《せ》められると弱いんだな。

謝罪の意を込《こ》めて、桐原《きりはら》の手を探して左手で握《にぎ》り込む。右手は、桐原《きりはら》の背中に置いた。

触《ふ》れた瞬間《しゅんかん》、びくっと身体《からだ》が跳《は》ねて身構えられたけど、落ち着かせるように撫《な》で続けると、また力が抜《ぬ》けていった。強張《こわば》りが抜《ぬ》けたのを感じ取り、撫《な》でる場所を頭に変える。

……しばらくすると、桐原《きりはら》の方からキスをしてきた。主導権を取《と》り戻《もど》したかったのか、積極的に舌が動いてくる。

……満足いくまで口内をねぶられたあと、んはっ、と顔が離《はな》れて、唇《くちびる》が解放された。

至近距離《きょり》にある両目は、とろんと垂れていた。

「……頭、冷えたか？」

失言だった。キッ！　と目に力が戻《もど》る。

「まだ。全然」

参ったな……俺の方は仕返しで満足したから、これ以上やる気はない。

「私、先生を盗《と》られたくない」

「だから、誤解だって」

「でも、ひっついたんでしょ」

それを言われると、反論はできない。

桐原《きりはら》は再び俺に馬乗りになって、俺を見下ろす。

「私、知らなかった。先生にちょっかい出す女に対して、こんなにムカつけるんだね」

その怒《いか》りが俺に向いていないから、まだ救いがあるかもしれない。

「今までは先生に悪いと思って我慢《がまん》してたけど、もう無理」

ん……？

「もう、勝手にする」

桐原《きりはら》は俺の上に乗りながら、自分の下着に手を掛《か》ける。

「おいおいおい、待て！」

「待てない。っていうか、先生だって仕掛《しか》けてきたでしょ。責任取って」

全裸《ぜんら》になった桐原《きりはら》が飛び込んできて、首筋に顔をうずめて、軽く噛《か》み付《つ》いてくる。

「もう、今日、するから」

有無《うむ》を言《い》わせぬ凄《すご》みがあった。

まずいことに、俺もさっきの攻防《こうぼう》で身体《からだ》自体は反応している。

――ああ、ちくしょう。もうどうにでもなれ。

酒の勢いもあってか、思考を放棄《ほうき》してしまった。流される覚悟《かくご》を、決めてしまった。

後悔《こうかい》するかもしれない。

でも、桐原《きりはら》がこんなになるくらい、俺を必要としてくれるなら――。

「先生……」

甘い囁《ささや》きが最後の抵抗《ていこう》を溶《と》かしてくる。

「いいよ、って言って？」

目を閉じて、口を開く。

喉元《のどもと》まで出かかっていた「いいよ」が声になる寸前、別の部屋からけたたましいシンバルの音が響《ひび》いてきた。

がしゃーん、がしゃーん！　と場違《ばちが》いな騒音《そうおん》が響《ひび》き渡《わた》る。

ムードもへったくれもない。

目を開くと、桐原《きりはら》も身体《からだ》を離《はな》して動揺《どうよう》していた。

「なんだ？　なんなんだ？」

桐原《きりはら》はものすごく嫌《いや》そうな顔をして答える。

「……私のスマホ。着信」

唇《くちびる》を噛《か》んだ桐原《きりはら》は裸《はだか》のまま部屋を出てスマホの方へ向かう。

俺も、あとを追う。

桐原《きりはら》はリビングに置いてあったスマホを拾い上げて、着信に応じる。

「もしもし。こんな時間に何？」

桐原《きりはら》は個々に着信音を設定するから、出る前から相手が誰《だれ》かわかっている。

出る前も、出たあとも、嫌悪感《けんおかん》が滲《にじ》んでいた。

喜ばしい相手ではないはずなのに、さっきの状況《じょうきょう》でわざわざ電話に出るなんて……いったい誰《だれ》なんだ？

「期末？　終わったけど。点数はまだ。……問題なかったよ。そう。うん。……わかってるってば。成績は落としてない。家事だって、ちゃんとしてる。っていうか、いま何時だと思ってんの？　……いや、起きてたけどさ。別に、そういうわけじゃないけど、明日でもよかったんじゃないの？」

桐原《きりはら》の言葉が途切《とぎ》れる。相手が、二言三言、何か言った気配がある。

瞬間《しゅんかん》、桐原《きりはら》の怒声《どせい》が響《ひび》いた。

「パパの用事ってどうせ女でしょ！　……仕事が絡《から》んでる？　あぁ、そう。必要ならそれでい い。でも私にそれを悟《さと》らせないでよ！　今さら何してても止めるつもりないけど、嫌《いや》なもんは嫌《いや》！　気分が悪い！　好きにしてていいけど、生活費の振込《ふりこみ》だけは忘れないで。もう切る」

一方的に言って、桐原《きりはら》はスマホをテーブルの上に置いた。裸《はだか》のまましゃがみこみ、両膝《りょうひざ》に額を押し当てて、深くため息をついていた。

俺が声を掛《か》けるよりも、桐原《きりはら》がくちゅんっ、と可愛《かわい》いくしゃみをしたのが先だった。

「……風邪《かぜ》引くぞ」

しゃがんだまま、ちらりと桐原《きりはら》がこっちを見てくる。

よく見たら、冷房《れいぼう》がつけっぱなしだ。俺はリビングを横切って、エアコンを切る。

「どうする？　シャワー、浴びるか？」

「……ちょっと疲《つか》れたから、一緒《いっしょ》に横になりたい」

手を引いて、寝室《しんしつ》へ連れて行く。

ベッドの上で一緒《いっしょ》に寝転《ねころ》がり、タオルケットを被《かぶ》せてやった。

それでも寒そうだったから、後ろから抱《だ》きすくめてやる。

「……なんか、色々、ごめん」

電話で頭が冷えたのか、桐原《きりはら》はしおらしくなっていた。

「別にいいけど。さっきの電話、親からだったのか？」

「そう。……もうちょっと、強くぎゅーして」

言う通りにすると、回している腕《うで》に指を這《は》わせられた。何度も、そのまま往復させてくる。

「仲、悪いのか？」

なんとなく訊《き》けそうな雰囲気《ふんいき》だったから、尋《たず》ねてみた。

「父親から私に対しては、そんなに。でも私からはあんまり。一人暮らしさせて、って言ってるのもこっちだし」

桐原《きりはら》はそのまま話を続ける。

「うちの親、二人とも不倫《ふりん》してるの。私が小さいときから、ずっと」

とっさには言葉が出なかった。そのまま、話が続く。

「どっちも、最初にしたのは向こうだって言い合ってる。……でも、私は父親の方だと思ってる。うちの父親、市議会議員なんだよね。あちこちにいい顔するのが仕事だから、その絡《から》みで、色々あるんだって。だからたぶん……ね。ただ、母親の方も普通《ふつう》じゃないから……どう転んでも、別の男と寝《ね》てた気がするんだ」

「……父親も母親も、お互《たが》いが好きじゃない？」

「そういうわけじゃない……と、思う。ただ、愛情とか恋愛《れんあい》感情とかに対しては、なんかバグってるんだよ。普通《ふつう》からちょっとズレてるんだよ、あのひとたち」

「子供としては、つらい？」

「おもしろくはないよね。今は割り切ってるけど、家の中、冷戦みたいな時期もあったし」

「……離婚《りこん》の話も出た？」

「あったはずだよ。でも、世間体《せけんてい》を気にしてやめたみたい。大人の話に口を挟《はさ》むな、って言われたから、あんま説明されてないんだ。よく知らないの。……ごめんね」

　複雑な家庭環境《かんきょう》なのは察していたけど、予想以上にこじれている雰囲気《ふんいき》だ。うかつに手を出せない厄介《やっかい》さを感じる。

「父親からは、謝られたことがあるんだよ。でも、そのとき、なんかカチンときちゃってさ。謝るなら、私にも好きにさせてって言っちゃったんだ。少なくとも、二人が一緒《いっしょ》にいる家にはいたくない。ひとりで暮らした方がマシってぶちまけたの。そしたら、本当にさせてくれた」

「そういう顚末《てんまつ》だったんだな」

「母親も別に部屋を借りたみたいなんだよね。私の一人暮らしがヒントになったのかな。今、家族はバラバラだけど、結果的には一番それがうまくいってる。今みたいに電話が掛《か》かってこない限り、変なストレスはないんだ。気楽だよ」

本当にそうか？　と俺は内心、首を傾《かし》げる。

「それなら、あんなに怒《おこ》るはずないだろ」

「…………」

沈黙《ちんもく》した桐原《きりはら》は数秒経《た》ってから、すんっ、と一度鼻を鳴らした。

「桐原《きりはら》が寂《さび》しがり屋になった理由、わかった気がするよ」

深読みのしすぎかもしれないけど、俺に自分以外の女性の気配を感じて激怒《げきど》したのは、父親と母親の不倫《ふりん》を連想させたからか？

「あんまり優《やさ》しくすると、また襲《おそ》っちゃうよ」

「嘘《うそ》つけ。そういう気分じゃなくなったくせに」

「……よくわかったね」

「それなりに一緒《いっしょ》にいるからな」

「そっか。……あーもう気分最悪」

そこまで言って、再び桐原《きりはら》がくしゃみをする。

「シャワー浴びておいで。本当に風邪《かぜ》引くぞ？」

「……そうする。先生、先に入る？」

「あとでいい。脱衣所《だついじょ》に服を運んでおくから、ちゃんと着ろよ？」

桐原《きりはら》を送り出して、さっき脱《ぬ》ぎ捨《す》てていた服を運んでおく。

入《い》れ替《か》わりにシャワーを浴びて寝室《しんしつ》に戻《もど》ると、桐原《きりはら》は先にベッドで寝《ね》ていた。

無理もない。もう二時を過ぎている。俺も限界だった。

「桐原《きりはら》？」

「…………」

深く寝入《ねい》っている。

でも。閉じた目に涙《なみだ》の跡《あと》があった。

指で軽くぬぐってから、俺もベッドに入る。

一枚のタオルケットに身体《からだ》をくるみながら、隣《とな》り合《あ》って眠《ねむ》りにつく。

●

翌日、目を覚ますと腕《うで》の中に桐原《きりはら》がいた。

俺と向かい合って、じーっと上目遣《うわめづか》いで俺を見つめている。おはよう、と声を掛《か》けてきたあと、ねぇ、と呼《よ》び掛《か》けられた。

「ずっと、腕枕《うでまくら》してくれてたの？」

「……そうみたいだな」

腕《うで》が痺《しび》れて、まったく感覚がない。

「そっか。ふふっ」

桐原《きりはら》は嬉《うれ》しそうに笑って、キスをしてきた。

一瞬《いっしゅん》だけ触《ふ》れて、すぐに離《はな》れる。それだけの軽いキスだ。

「ありがと」

純粋《じゅんすい》に、可愛《かわい》いなと思わされる仕草だった。

昨晩は感じていなかったのに、いつもの危機感が胸に蘇《よみがえ》る。ちょっと焦《あせ》る気持ちが生まれた。

……でもまぁ、今日くらいはいいか、と思ってしまう。

「お腹《なか》空いちゃった」

「何か、作るか」

「うん」

その後は、桐原《きりはら》とのんびり休日を過ごす。

試験勉強もやり残した仕事もない穏《おだ》やかな土日を、二人で満喫《まんきつ》した。

3. 思い出の場所：先生のお部屋

期末試験が済んだあとの月曜日。

森瓦《もりかわら》学園は早々に一学期の授業を終えて、説明会の準備に移ろうとしている。

一学期最後の朝礼ということもあって、夏休みに向けた注意喚起《かんき》も行われた。事件や事故に巻き込まれないように、という、最寄《もよ》りの警察署と消防署から届くお決まりのアレだ。

整列した生徒たちも一応は黙《だま》って話を聞いているが、表情はどこか浮《う》かれている。

元カノから『あんたが教えてる生徒たちは夏休みが長くていいよね〜。うらやましい』と連《れん》絡《らく》が来ていたけど、俺も同じ気持ちだ。あの高揚感《こうようかん》を、俺たちはもう二度と味わえない。

教員からの連絡《れんらく》が終わると「生徒会から皆《みな》さんへお話があるそうです」と、壇上《だんじょう》は桐原《きりはら》に引《ひ》き継《つ》がれた。

マイクの高さと角度を慣れた手つきで調節して、桐原《きりはら》は話を始める。

『連絡《れんらく》があったように、夏休みに事故と事件に巻き込まれる学生が少なからずいます』

『長期の休み中は気が緩《ゆる》みがちですが、学生としての自覚を持って、普段《ふだん》以上に自らの行いに気を付けましょう』

そんなことを話している桐原《きりはら》だが、ここ二日間は気が緩《ゆる》みまくっていた。

父親から電話が掛《か》かってきたせいなのか、暮井《くれい》さんに対して嫉妬《しっと》心《しん》を抱《いだ》いたせいなのか、

「この土日は、先生からほぼ離《はな》れない」と宣言。有言実行してきた。

ベッドの中でひっつくのは当たり前で、リビングでゲームをしているときも、ソファで座って休んでいるときも、四六時中べったりだった。

そうめんを茹《ゆ》でているときも、おんぶをねだるように俺の首に両腕《りょううで》を回して、背中に張り付いていた。夏なのにくっつくものだから、二人ともずっと汗《あせ》ばんでいた。

「桐原《きりはら》、いい加減にしないと本当に風邪《かぜ》引くぞ」

「いいじゃん。ひっついてるの気持ちいいよ。安心する」

ちょっと強引《ごういん》に振《ふ》り払《はら》おうとすると、「……ダメなの？」なんて呟《つぶや》いてくるものだから、本当にたちが悪い。あれは絶対、確信犯だ。

観念して密着を許可した結果、身体《からだ》のあちこちが痛い。若い桐原《きりはら》と違《ちが》って、社会人の俺は慢《まん》性的《せいてき》な運動不足なんだ。

俺との不純な関係を楽しんでいる桐原《きりはら》が全校生徒の前で「学生らしい行動を」と言っているのだから、世の中は本当にわからない。

それとも、黙《だま》って整列している女子生徒たちも、みんな秘密を抱《かか》えているのだろうか。

『最後になりますが、これから夏休みに入るまでの間は、夏休み初日に行われる説明会の準備期間となります。一年生にとっては初めての催《もよお》しです。本番は秋の文化祭となりますが、準備も含《ふく》めて楽しんでください。二年生以上の生徒は、新入生が困っていたらフォローをお願いします。……以上です。ありがとうございました』

「綺麗《きれい》なときの桐原《きりはら》さん」は仕事を終えて、壇上《だんじょう》から降りる。

「羽島《はしま》先生、朝礼が終わったら、舞台幕《ぶたいまく》を閉じてきてもらえますか？」

「あ、はい」

生徒たちがぞろぞろと体育館を出て行く中、先輩《せんぱい》に頼《たの》まれた仕事をこなすため壇上《だんじょう》へ向かう。

階段を上がって舞台袖《ぶたいそで》に行くと、「先生」と背後から声が掛《か》かった。

「手伝いますよ」

桐原《きりはら》だった。

「ありがとう」

カーテンと同じ作りになっている舞台幕《ぶたいまく》を、二人で引っ張っていく。

閉じてしまえば、俺たちが人目に触《ふ》れることはない。

それをいいことに、桐原《きりはら》は俺に抱《だ》き着《つ》いて、頭をうずめてきた。

（……何をしてるんだよ）

（充電《じゅうでん》）

（土日、さんざんひっついただろうが）

（まだ足りないの。変なんだよね。甘えたーい、ひっつきたーい、って気持ちが爆発中《ばくはつちゅう》）

目を潤《うる》ませながら、見上げてくる。

（本当は休んで、二人きりで過ごしたかったくらいなんだから）

（無茶言うなよ。……遅《おそ》くなると怪《あや》しまれるから、行くぞ）

（……はーい）

名残惜《なごりお》しそうに身体《からだ》を離《はな》して、桐原《きりはら》から先に降りていく。

……くちゅんっ！　という可愛《かわい》らしいくしゃみが体育館に反響《はんきょう》した。

「風邪《かぜ》か？」

「大丈夫《だいじょうぶ》ですよ。ご心配なく。それより模擬店《もぎてん》の準備を急がないと。立て看板やら、屋台のレイアウトやら、色々やることがいっぱいですよ」

手を引っ張られながら、体育館から移動する。

これくらいなら普通《ふつう》の教師と生徒でもやる……のか？


教室に戻《もど》ると、俺は先輩方《せんぱいがた》から受けた模擬店《もぎてん》の説明をそのまま、生徒たちに共有していく。

説明会の模擬店《もぎてん》は学生主導で行われるものだが、最初の大まかなところは、担任が説明しなければいけない。

「まず、くじ引きの結果、俺たちは鉄板焼きの機材を借りられることになった。作るものは、お好み焼きと焼きそばだな。……まぁ、俺、くじを引いてないんだけど」

「えー？　なんでーっ？」と声が上がる。

「締《し》め切《き》りギリギリに出したから、罰《ばつ》としてあまりものになったんだよ」

「それで、見事に福が来たんですね」

そう告げてきたのは桐原《きりはら》だ。

「鉄板焼きって、模擬店《もぎてん》の中だと大当たりですよ」

「……らしいな」

何せ、お好み焼き、焼きそばは材料が安い。

それでいて誰《だれ》でも簡単にできるし、手軽で利益もカタい。

学生時代、俺もよくお世話になった。

「あと、他の先生方が言うには、暇《ひま》な生徒ができにくいって話だ。家庭科室で野菜を切る係、粉モノのタネを量産する係、屋台で鉄板焼きをする係、呼び込み係、接客係、ゴミ片付け係。……こんなもんだったかな」

ちら、と桐原《きりはら》を見ると、うんうん、と頷《うなず》いていた。

よかった。合ってるらしい。

「説明会の実施《じっし》まで一週間ある。当日の係を固定のメンバーでやるか、ローテーションで回していくかを、当日までに決めないといけない。あとは……店の準備か。立て看板を作ったり、メニュー表を作ったり、紙皿、割《わ》り箸《ばし》の準備だな。というわけで、先生の仕事は終わり。あとはみんなで決めていってくれ」

「えっ？　終わり？　誰《だれ》か、クラスの代表者を決めたりしないんですかー？」

「それも含《ふく》めて学生主導だって聞いてる。決めたいのなら、決めていいよ」

「えーっ、だるーっ」という生徒もいれば、「去年のクラスも同じだったけど」という声も上がる。やり方は先生それぞれなんだな。

「代表者を決めた方が絶対に楽でしょー。うちのクラス、桐原《きりはら》さんがいるし」

誰《だれ》かが言って、「そうだな」と賛同の声が上がる。

「桐原《きりはら》は生徒会長だし、詳《くわ》しいっしょ」

予想はしていたけど、やっぱりそうなるか。

みんなの期待を感じ取った桐原《きりはら》は「いいよ」と頷《うなず》く。

桐原《きりはら》は席を立って、教壇《きょうだん》へ歩いてくる。俺は場所を譲《ゆず》り、窓際《まどぎわ》へ移動する。

「決めることはたくさんあるんだけど、まずは看板とメニュー表を何で作るか、決めるべきです。理由は単純。学校が保有している木材に限りがあるから！　ダンボールに画用紙を張り付けて作るのと、木材でちょっと洒落《しゃれ》たのを作るのと、どっちがいい？　お金は掛《か》かるけど、手間が面倒《めんどう》なら百均ショップで小さい黒板をたくさん買ってくるのも可！」

さすがの手際《てぎわ》だった。

ちなみに、当日までの準備が間に合うのであれば早く帰っていい期間ではあるので、手抜《てぬ》きをして休むのも全然アリだ。

これもまた小さく意見が割れたが、店の立て看板だけは木材を使ってきちんと作ろう、とすぐに決まった。メニュー表は百均の黒板で対処することになった。

「じゃあ、誰《だれ》かすぐに木材を貰《もら》ってきて。立て看板に使えそうだったら、多めにとってきていいから。余ったら返せばいいの。誰《だれ》か行ってくれるひとー？」

桐原《きりはら》はみんなを主導して、テキパキと色々なことを決めていく。

当日の役割分担についてもすぐに意見をまとめて、「ローテーションでやる」と決めてしまったし、去年の来場者数やそれぞれの模擬店《もぎてん》の売り上げもだいたい覚えていたから、紙皿や割《わ》り箸《ばし》の用意する数も決めてしまった。

ローテーションのグループ分けを「仲がいい人で集まったら仕事しなくなるから、公平にくじで分けた方がいい」と提案したのも桐原《きりはら》だ。「そもそも、そうしないとどこのグループにも入れなくてつらい思いする子、出るだろうし」という話に、こっそり頷《うなず》く奴《やつ》が何人かいた。

買い出しに行く日とメンバーも決めてしまったので、あとはもうグループ分けのくじ引きをして、看板を作るだけになる。

それも全員でやる作業ではないから、看板を作りたいメンバー数人を募《つの》って、決めてしまう。

「……看板作成班と買い出し班以外は、もう当日まで休みでいいんじゃないかな？」

桐原《きりはら》の言葉に、クラスは大いに沸《わ》いた。

前のホームルームでの活躍《かつやく》で全クラスメイトから一目置かれるようになっていたけど、今日でもう、完全にみんなの心を摑《つか》んでいる。

桐原《きりはら》自身も満足そうに微笑《ほほえ》んでいて、全て順調だ。

でも、俺は違和感《いわかん》を覚えていた。

「木材調達班も帰ってきたし、グループ分けのくじを作っちゃおうか。誰《だれ》か、ルーズリーフにクラス全員分の番号を書いて、私に」「桐原《きりはら》」

俺の声に反応して、桐原《きりはら》の声が止まる。

クラスの奴《やつ》らも「ん？」と反応した。

「桐原《きりはら》、ちょっと手、出してみて」

怪訝《けげん》そうにしながらも、桐原《きりはら》は俺の言う通りにした。

俺は、差し出された手に触《ふ》れてみる。

なになに？　と他の生徒たちが身を乗り出すのを感じた。

「…………」

触《ふ》れている手はそのまま、空いている手で桐原《きりはら》の額、首筋、と順番に触《ふ》れていく。

何を勘違《かんちが》いしたのか、きゃあっ、と別の女子が黄色い声を上げた。

「お前、熱があるな？」

桐原《きりはら》は一瞬《いっしゅん》、なんとも言えないような顔をした。驚《おどろ》くような、切ないような……。本当に、形容し難《がた》い表情だった。

それはすぐに消えて、取《と》り繕《つくろ》うように苦笑いを浮《う》かべたが、先に膝《ひざ》が落ちた。

きゃあっ、とまた女子が声を上げた。今度は悲鳴だ。おいおい、と男子たちも騒《さわ》いでいる。

尻《しり》もちをついている桐原《きりはら》のそばに膝《ひざ》をつく。

「ごめんなさい。なんか、言われた瞬間《しゅんかん》、力が抜《ぬ》けてしまって」

声に力がないし、呼吸も少し浅い。気分も悪そうだった。

「保健委員！」

「あ、休みです」

近くの席の男子が教えてくれた。そういえば、ひとり欠席だったな。

「……じゃあ、俺が連れて行ってくる。その間にグループ分けを済ませてくれ。桐原《きりはら》と欠席者の分は誰《だれ》か代理で引くように。終わったら、看板作成班以外は下校でいい。……立てるか？」

身体《からだ》を支えてやると、桐原《きりはら》はどうにか立ち上がってくれた。

「お大事にー」

「大丈夫《だいじょうぶ》ー？」

女子が心配してくる声に、桐原《きりはら》は頷《うなず》きだけ返していた。

廊下《ろうか》に出て教室を後にすると、小さく呟《つぶや》いてくる。

「ごめんね」

何も、謝ることなんてないのに。

返事はせずに保健室へ急いだ。


保健室に着くと、女性の養護教諭《きょうゆ》がすぐにベッドを用意してくれた。

桐原《きりはら》を寝《ね》かせながら事情を話して、体温計で熱を測らせる。

「……三十八度六分。完全に風邪《かぜ》ね」

けっこうな高熱だった。

よろけてしまうのも無理はない。

「羽島《はしま》先生、保護者に迎《むか》えに来ていただけるよう、職員室の電話で連絡《れんらく》してもらえますか？」

「わかりました。行ってきます」

職員室に小走りで移動して、個人情報をまとめている名簿《めいぼ》から桐原《きりはら》の両親の連絡《れんらく》先を辿《たど》る。

携帯《けいたい》電話ではなく、職場の連絡《れんらく》先が記してあった。基本的には携帯《けいたい》電話の番号が記入されているので、珍《めずら》しいケースだ。

ひとまず、母親の方から掛《か》けてみる。

コール音が鳴る前に、女性が電話に出た。

『お電話ありがとうございます。クリスタル芸能事務所、葛西《かさい》が承《うけたまわ》ります』

『……芸能事務所？』

「あ、すみません。私、森瓦《もりかわら》学園の教師をしております、羽島《はしま》と申します。恐《おそ》れ入《い》りますが、そちらに桐原灯佳《きりはらとうか》さんの保護者がお勤めではないでしょうか？」

『桐原《きりはら》……誠《まこと》に申し訳ございません。おそらく弊社《へいしゃ》代表の桐原《きりはら》のことだと思うのですが、ただいま会議中でして……』

「灯佳《とうか》さんが高熱で倒《たお》れたんです。できれば、迎《むか》えに来ていただきたいのですが」

『……承知いたしました。恐《おそ》れ入《い》りますが、このまま少々お待ちいただけますか？』

「はい」

保留中の音楽が流れる。そのまま、けっこう待たされた。時計を見ていたわけではないけど、十分近くは経《た》っていたように思う。

いい加減イライラし始めたころに、さっきの女性が保留を解除した。

『大変お待たせいたしました。すぐに、成瀬《なるせ》という者を車で迎《むか》えに行かせます』

「えっ」

『……あの、何か？』

「いや、ぇぇと……その成瀬《なるせ》さんという方は、どのような方で？」

『弊社《へいしゃ》の社員です。親族の者でないと、差《さ》し支《つか》えございますでしょうか？』

そういうわけではないが……。

『あの？』

色々と引《ひ》っ掛《か》かるところはあったが、このひとに言っても無駄《むだ》だろう、という確信はあった。

「わかりました。お車でお越《こ》しでしたら正門ではなく、裏門の駐車場《ちゅうしゃじょう》へお願いいたします。警備員がいますが、私から事情を説明しておきます。大変失礼で恐縮《きょうしゅく》なのですが、成瀬《なるせ》様に名刺《めい》《し》を持参していただくよう、お伝えいただけますか？　最近は物騒《ぶっそう》なので、身分証明をお願いしたく……」

『かしこまりました。そのように伝えます。到着《とうちゃく》まで、お待ちください』

「よろしくお願いいたします」

電話を切ったあとも、納得《なっとく》できない気持ちが渦巻《うずま》いていた。

釈然《しゃくぜん》としないものを抱《かか》えたまま、裏門の警備員のところへ寄ったあと、再び保健室へ戻《もど》る。

養護教諭《きょうゆ》に電話してきた内容を伝えると、ええっ？　と驚《おどろ》かれた。

「自分の娘《むすめ》なのに、自分で迎《むか》えに来ないの？」

桐原《きりはら》のことを気にしてか、小声だった。

「……まぁ、いいわ。あなたに言ってもしょうがないわね。悪いんだけど、少し桐原《きりはら》さんを見ていてもらえますか？　備品関連のことで、校長と急ぎの話があるの」

「わかりました」

返事をすると、養護教諭《きょうゆ》は急いで保健室を出て行ってしまう。

保健室には俺と桐原《きりはら》以外、誰《だれ》もいない。

桐原《きりはら》が寝《ね》ているベッドは一番奥で、カーテンが引かれていた。

窓の外から、生徒たちがはしゃぐ声が聞こえる。

……そっと近くまで歩いて、カーテンの隙間《すきま》から桐原《きりはら》の様子を覗《のぞ》いてみた。

桐原《きりはら》と目が合う。

薄《うす》く開いていた目がいつもと同じ大きさまで開く。安心したように笑ってくれた。

「そばまで、来てくれる？」

招かれるまま、ベッド脇《わき》まで歩く。カーテンは閉じておいた。

こうしておけば、誰《だれ》かが入ってきても俺たちの様子は見えない。近くにあった背もたれのない椅子《いす》を引き寄せて、腰《こし》を下ろす。

「大丈夫《だいじょうぶ》か？」

「うん。横になれたから、だいぶ楽。びっくりしちゃったよね」

「まぁな。ずっと具合が悪かったのか？」

「ん〜……まぁ、調子がよくないのはわかってたよ。こんなに高い熱が出てるとは思ってなかったけど」

声には張りがなく、額には汗《あせ》が小さな玉になって浮《う》いている。本当に具合が悪そうだ。

「いつから？」

「一昨日の朝から、かな？」

俺が、飲み会に行った次の日の朝だ。

「裸《はだか》で寝《ね》るのは、やっぱりやめた方がいいぞ」

「そうだね。考える」

「……あ。ちょっと待て。さっき、体育館で本当は今日休みたかったって言ってたの、具合が悪かったからか？」

「それも、ある」

「無理しないで休めばよかったのに……試験だって終わってるんだから、別に休んでもよかっただろ」

「え～……だってさぁ……」

途端《とたん》、桐原《きりはら》はもじもじし始めた。

「なんだよ？」

布団《ふとん》で顔の下半分を隠《かく》しながら、恥《は》ずかしそうに告げてくる。

「説明会のこと、色々決めないとだったでしょう？　休んじゃうと、先生、また困るかもしれないなぁ……って……」

俺は、絶句した。

そんなの……という否定の言葉が喉元《のどもと》まで来ていたが、実際助けられてしまったので、なんにも言えない。

俺は桐原《きりはら》みたいに学校のことについて詳《くわ》しくないし、テキパキと決めることもできなかっただろう。

「別に先生のためだけじゃないよ。早く全部決めちゃえば、また先生と一緒《いっしょ》にうちで過ごせるだろうな〜って下心もあったんだ」

「……そっか。ごめんな。ありがとう」

素直《すなお》に好意を受け取られて安心したのか、桐原《きりはら》は嬉《うれ》しそうに笑ってくれる。

「気にしないでね。したくて、やったことだから」

「うん」

頭を撫《な》でてやると、くすぐったそうに目が細くなった。猫《ねこ》みたいだ。

いつもよりほんのり、額が熱い。

「……ね、キスしてくれない？」

意外な希望ではなかった。なんとなく、そういう雰囲気《ふんいき》かな、とは察していた。

「あ、でも風邪《かぜ》、うつっちゃうか。やっぱなし。——ん」

無言で顔を近付けて、そっと唇《くちびる》を合わせる。

探《さぐ》るように舌先が伸《の》びてきたから、優《やさ》しく迎《むか》え入《い》れた。

音を立てないようにゆっくりと唇《くちびる》を重ねて、静かに離《はな》す。

「……えへへ、うれしい」

熱のせいか、いつもよりも口調が子供っぽい。

「ねぇ、せんせい……ちょっとだけでいいから、この前してくれたみたいに……きもちいーとこ、さわってくれない？」

「なんでだよ」

「わかんないんだけど、あさからずっと、からだ、へんなの」

「熱だからだろ？」

「そうじゃなくて……そういうきぶん、っていうか……」

頬《ほお》を赤く染めて、おねだりしてくる。

「具合がわるいせいなのかな……おさえられないの……あまりつよくしないでいいから……こえ、がまんできる自信ないし……」

布団《ふとん》の隙間《すきま》から伸《の》びてきた手が、俺の腕《うで》を布団《ふとん》の中に引っ張り込む。熱がこもっている中を奥へ誘導《ゆうどう》されて、手は服の内側へ到達《とうたつ》した。ぬるっとした汗《あせ》の感触《かんしょく》に、ちょっと驚《おどろ》かされる。

「すこしだけ……おねがい」

「……わかったよ」

お腹《なか》の周りを探《さぐ》ってみるが、この辺りはいまいちのようだ。以前の記憶《きおく》を頼《たよ》りに背中の方を探《さぐ》ると、んっ、と小さく反応が返ってくる。

前みたいに攻《せ》め立《た》てるのではなく、優《やさ》しく、いたわるように、ゆっくり擦《さす》ってやる。

……はぁ、と温かい湯に浸《つ》かったときのような、まろやかな吐息《といき》が桐原《きりはら》の口から漏《も》れた。

潤《うる》んだ瞳《ひとみ》で、ずっと俺を見つめてくる。

「……せんせ、じょーず。このまえ、びっくりしたんだよ？」

「一応、お前より大人だからな」

「そうだったね……んんっ……ほんと、じょーず……」

切なそうに眉《まゆ》をひそめているのを見ると、俺の方も変な気分になってくる。

「やばいなぁ……ちょっとでだいじょうぶと思ってたのに、もっとほしくなっちゃう……からだ、めちゃあついし……」

「っていうか、汗《あせ》、やばすぎだろ。ちょっと布団《ふとん》、はがすぞ」

布団《ふとん》をまくって、目視で確認《かくにん》する。濡《ぬ》れたインナーがお腹《なか》周りに張り付いていた。

「うわっ、汗《あせ》だくじゃん。これ、拭《ふ》いた方がいいだろ。保健室にタオルってないのか？」

「備品リストにあったはずだから、どこかには……」

「……あ。見つけた。あの棚《たな》だ」

棚《たな》上のガラス戸の向こうに白いタオルが畳《たた》んで積んである。二枚ほど拝借して、またベッドに戻《もど》ってきた。

「拭《ふ》いてやるよ」

「い、いいよっ」

「駄目《だめ》だ。風邪《かぜ》っぴきなんだから、大人しくしろ」

「やだ……恥《は》ずかしいよ」

「さっき触《さわ》れって言ってたのはどの口だよ？」

「そうじゃなくて、汗《あせ》……臭《にお》うでしょ？」

「土日、ずーっとくっついてきたのは誰《だれ》だったっけ？」

「家とは違《ちが》うじゃん……朝から拭《ふ》けてないし、布団《ふとん》の中、蒸《む》れてるし……先生の前でこんなに汗《あせ》だくになったことないっ……」

「いいから、黙《だま》って言う通りにしておけ」

　養護教諭《きょうゆ》が帰ってこないのをいいことに、服の中に手を入れて丁寧《ていねい》に拭《ふ》いてやった。具合が悪いせいか、拭《ふ》かれるのが気持ちよかったせいかわからないが、桐原《きりはら》はわりとすぐに観念してされるがままになった。

「……せんせいの、いじわる。おに」

「その口調で言われても、あんまり怖《こわ》くないな」

　唇《くちびる》が子供っぽく尖《とが》る。……ダメだ。風邪《かぜ》引いたときの桐原《きりはら》はマジで可愛《かわい》いな。

「……そういえば、ママと話せた？」

気恥《きは》ずかしさをごまかすためか、話題がいきなり変わった。さっきの電話の内容を思い出した俺は、答えに詰《つ》まった。でも……気を遣《つか》って嘘《うそ》を言っても、別の人間が迎《むか》えに来れば、どうせバレる。

「……親御《おやご》さんとは話せなかったけど、別のひとが迎《むか》えに来るって言ってたよ」

「……なるせさん？」

「知り合いか？」

「うん……一応。ママの秘書さん。おんなのひと。ママが書いた学校の書類とか、たまに届けてくれる」

「……お母さんが来てくれなくて、やっぱり寂《さび》しいか？」

「いいよ、別に。会ってもどうせ、ケンカになるから」

緩《ゆる》んでいた桐原《きりはら》の顔に、キリッとしたものが戻《もど》る。

「……先生さ、私に熱があるって、よくわかったね？」

「よく一緒《いっしょ》にいるんだから、さすがに気付くよ」

「……そっか。普通《ふつう》は、そういうものなのかな」

それは、普通《ふつう》ではない存在を知らないと出てこない言葉だ。

「ちゃんとみてくれてるんだね、私のこと。……私のこと、大事？」

一瞬《いっしゅん》、返答に困った。大事だけど、大事だと言っていい立場ではない。

ここは学校で、俺は教師で、桐原《きりはら》は生徒だ。

でも、そういうのを抜《ぬ》きにしてしまえば――答えは決まっていた。

「大事だよ」

桐原《きりはら》の目が潤《うる》む。

布《ふ》団《とん》とベッドの隙間《すきま》から手が伸《の》びてきて、俺の手を探してきた。

手を取ってやると、握《にぎ》り返《かえ》してきた。

「……あ～っ、ダメだなぁ。やっぱり、無理だ」

「何が？」

「なんかね、先生のことを好きって気持ち、すごく大きくなっているんだ」

俺の手を握《にぎ》っている手の力が強まる。

まるで、逃《に》がさないようにしているみたいだ。

「風邪《かぜ》が治ったら、たぶんもう夏休みだよね。そしたら、一緒《いっしょ》に過ごせる時間も増えるよね」

「……まぁ、そうかな」

「じゃあさ、そのときに……しよ？　最後まで」

「…………」

「私はしたいな。先生と。……いっぱい、愛されたい」

色々なことを考えた。返事をするまでの短い間に、本当に色々なことを。

あえて明るく、たしなめる感じで「バカ」と額を小突《こづ》いた。

「具合が悪くて心細いからって、調子に乗るんじゃない」

「……さっきはわがまま聞いてくれたのに」

「それはそれ。別問題だ」

桐原《きりはら》は何かを言いかけたが、タイミング悪く（良く？）、養護教諭《きょうゆ》が戻《もど》ってきた。

俺も席を立って、桐原《きりはら》の様子を報告する。

「おかげさまで助かりました。羽島《はしま》先生は、クラスの方へ戻《もど》ってくださいな」

養護教諭《きょうゆ》の言葉に従って、保健室を後にする。

そのまま数日間、風邪《かぜ》が治るまで、桐原《きりはら》と直接会うこともなかった。

＊＊＊

……先生が去ってしまったあとの保健室は、とても退屈《たいくつ》だった。

保健室の先生は「大人しく寝《ね》てなさい」としか言ってこないし、スマホも手元にないから、本当にやることがない。頭痛が少しあるから、眠《ねむ》るのも難しかった。

保健室の白い天井《てんじょう》を見つめながら思うことは——やっぱり、銀《ぎん》のこと。

あれだけ誘《さそ》っても手を出してこないのは、意外だった。

私に魅力《みりょく》がない、ということではないはずだ。好意は持ってくれているはずだ。それは、間《ま》違《ちが》いない。さっきの優《やさ》しい接触《せっしょく》の全てから、深い愛情を感じた。

――男なんて、こっちが気を許せばすぐに手を出してくるはずなのに。

少なくとも、今まではみんなそうだった。

他に女がいるような気配もない。

銀《ぎん》自身もご無沙汰《ぶさた》なはずなのに、本当に、我慢強《がまんづよ》い。

最初は教師のプライドとか破滅《はめつ》への恐怖《きょうふ》とかが先立っていたみたいだけど、最近は、その境界も揺《ゆ》らいでいる。

なのに、銀《ぎん》は頑《かたく》なに私とするのを拒《こば》む。

「大事に、してくれてるのかな……」

「桐原《きりはら》さん？　何か言った？」

小さく呟《つぶや》いたはずが、保健室の先生にも聞こえてしまったらしい。

「なんでもないです」と返事をしながら、でもさ、銀《ぎん》……と今度は心の中で呟《つぶや》く。

今の状況《じょうきょう》はさ、私からしたら生殺しだよね。

成瀬《なるせ》さんが迎《むか》えに来るまでの間、私は考え続ける。

夏休み。どうやって勝負を掛《か》けるか。

どうやって落とすのか。

——覚悟《かくご》しててね、銀《ぎん》。

＊＊＊

結局、桐原《きりはら》はそのまま一週間、自宅で療養《りょうよう》することになった。

クラスは説明会の模擬店《もぎてん》の準備を進めている。

と言っても、桐原《きりはら》がほとんど手配を済ませてくれていたから、クラスメイトたちが班ごとに役割をこなすだけで準備は整っていった。

その間、俺は桐原《きりはら》とメッセージで個人的にやり取りをしていた。

具合は少しずつ回復に向かっているようだ。

看病に行こうか尋《たず》ねたが、『ありがと。でも、たまに成瀬《なるせ》さんが家に来るから、今は無理』と断られた。

桐原《きりはら》に会えないまま、時間は過ぎる。

再会したのは、説明会の当日だった。

「桐原《きりはら》さん、お疲《つか》れーっ。もう大丈夫《だいじょうぶ》なの？」

久しぶりに会ったクラスメイトに心配されて、桐原《きりはら》はくすぐったそうだった。

俺も久々だし、挨拶《あいさつ》をしておくか。

「桐原《きりはら》。もう大丈夫《だいじょうぶ》か？」

途端《とたん》、桐原《きりはら》はわかりやすくフリーズした。赤くなった顔を隠《かく》すように、頭を下げてきた。

「この前はすみません。もう大丈夫《だいじょうぶ》です。模擬店《もぎてん》の準備しないとだから行ってきます！」

早口でまくし立てて、そのまま走り去ってしまう。ぽかんとしていると、スマホが震《ふる》えた。

桐原《きりはら》から、メッセージの着信だ。

『……ごめん。なんか、直接顔を合わせたら、急に恥《は》ずかしくなった』

『恥《は》ずかしいって、何が？』

『この間のこと。私、風邪《かぜ》でおかしかったでしょ？　変なこと、たくさん言ったし……あと、汗《あせ》だくのとこ見られたのが恥《は》ずかしいのっ！　やめてって言ったのに拭《ふ》いてくるし！　鬼《おに》！』

なんだそりゃ、が素直《すなお》な感想だった。大学時代に付き合っていた元カノもたいがいだったが
……女心はさっぱりわからん。

幸いなことに、桐原《きりはら》の態度がおかしいのは、俺に対してだけだった。

模擬店《もぎてん》の仕事をローテーションしていくグループ分けで、運良く仲が良《い》いメンバーと一緒《いっしょ》に

なれたみたいで、楽しそうだ。

ずっと桐原《きりはら》の様子ばかりを追っていたわけではないけど、模擬店《もぎてん》の呼び込みや、家庭科室の調理も楽しくやっていたようだ。

料理はあまり得意ではないはずだけど、決まったものを作るくらいのことは、問題なくやれるらしい。

俺も生徒たちと一緒《いっしょ》に慌《あわ》ただしく模擬店《もぎてん》で接客をしたり、荷物を運んだり、忙《いそが》しかった。そうしている最中、「羽島先生《はしま》」と校長から声を掛《か》けられた。

「クラスの生徒たちは私が少し見ているので、ぐるっと回ってきてください。来年に向けて、見ておいた方がいいでしょう」

ちょうど休憩《きゅうけい》もしたかったので、渡《わた》りに船だった。

そのまま、賑《にぎ》やかな校内を見て回る。

生徒たちの姿も目立つが、説明会に訪《おとず》れたらしい中学生と、その保護者の姿も大勢いた。

説明会はもう終わっているので、完全に文化祭と同じ空気が流れている。

各クラスの生徒たちが客を呼び込んで、通《とお》り掛《か》かった別のクラスの友達とじゃれ合っていた。

休憩中《きゅうけい》なのか、仲の良さそうな者同士で店を回っている生徒も多い。

……俺と桐原《きりはら》が普通《ふつう》の関係だったら、隣《とな》り合《あ》って歩くこともできただろうか。

そんな考えが頭の片隅《かたすみ》に浮《う》かんだ瞬間《しゅんかん》、目の端《はし》に桐原《きりはら》の姿が見えた気がした。

見間違《みまちが》いではなかった。

人混みを避《さ》けるように、体育館の方へ歩いていく。

もしかして、また具合が悪いのだろうか。

気になって後を追う。

桐原《きりはら》は体育館の中へ続く正面扉《とびら》を素通《すどお》りして、体育館裏の方へ進んでいった。

角を曲がると、前方に手を振《ふ》る桐原《きりはら》の後ろ姿が見えた。

桐原《きりはら》を待っていたらしい男子生徒が、緊張《きんちょう》した様子で手を振《ふ》っている。

「ごめん、お待たせ」

「いっ、いや、ごめん。休憩《きゅうけい》中なのに……」

よく見ると、うちのクラスの田中だ。

取り立てて特徴《とくちょう》のない、まぁ……悪く言えばモブ顔の生徒だ。ひとのこと、あまり言えないけど。

……まさか、こっそり付き合っていたりするのか？

「話って何？」

「あの……実は、ちょっと前から桐原《きりはら》さんのこと、いいなって思ってて」

違《ちが》ったらしい。

「それで、この前のホームルームとか、説明会でカッコイイところ見て、トドメだったたっていうか……前から、生徒会長のときはキリッとしてて素敵《すてき》だなとは思ってたんだけど、改めて惚《ほ》れ直したって言うか！」

田中は、見ているこっちまで硬《かた》くなりそうなくらい、緊張《きんちょう》していた。

それでもちゃんと自分の言葉で気持ちを伝えようとしている。

そして――

「お、俺と付き合ってもらえませんか⁉」

言った。

思いのほか度胸のある男なんだな、と素直《すなお》に見直した。

同時に、盗《ぬす》み聞《ぎ》きをする格好になってしまったのを申し訳なく思う。

告白された桐原《きりはら》の表情は見えない。

今、どんな顔をしているのだろうか？

「……ありがとう。気持ちはとても嬉《うれ》しいんだけど……ごめんなさい」

桐原《きりはら》が丁寧《ていねい》に頭を下げる。

田中は、わかりやすくショックを受けていた。

「そ、そうか……そうだよね、俺なんて、目立たないし……」

「ううん。素敵《すてき》な告白だったよ。それに私、田中くんのこと嫌《きら》いじゃない。むしろ、好きだよ。誰《だれ》も見てないところでも、いつもちゃんとしてるよね。そういうの、すごいよ」

「ほ、ほんと？」

「うん。……でも、ごめんなさい。私も好きなひとがいるんだ」

「……そうなんだ。それって、クラスの誰《だれ》か？　俺も知ってる？」

桐原《きりはら》は答えない。表情も、俺の方からはやっぱり見えない。

「あ、ごめん。答えたくないなら、いいんだ」

「ううん。お気遣《きづか》い、ありがとう」

「いや、何も……そ、それじゃあ俺、行くわ！」

田中がこっちを向く前に、どうにか身体《からだ》を引っ込めた。適当なところに隠《かく》れ——たかったんだけど、ちょうどいい場所がない。

体育館の正面扉《とびら》前で、さも「休憩《きゅうけい》してました」といった体を装《よそお》い、素知らぬ顔をして立つことにする。

フラれてショックを受ける田中は、俺がいたことにすら気付かない様子で、そのまま走り去っていた。……ところが、次に来る人物はそうはいかない。

「え、先生？」

田中から遅《おく》れること数十秒。

角を曲がってきた桐原《きりはら》は、普通《ふつう》に驚《おどろ》いていた。

「……なんでここに？」

まだ恥《は》ずかしいのか、口調がお利口モードで、他人行儀《たにんぎょうぎ》だ。人目を警戒《けいかい》してるだけか？

「校長先生から、来年のために校内を見回ってこいって言われて……休憩中《きゅうけい》」

平坦《へいたん》な口調を意識して説明したけど、桐原《きりはら》はじっと俺を注視してくる。

「ひょっとして、見てた？」と、悪い子モード復活の桐原《きりはら》。

「何を？」

「さっき、田中くんが走っていかなかった？」

「ああ、そういえば……」

じーっと桐原《きりはら》が見つめてくる。俺は、黙《だま》ってそれを受け止める。

不意に、桐原《きりはら》がニヤーっと悪そうに微笑《ほほえ》んだ。

「見てたんだ？　私が田中くんとキスしてたところ」

「違《ちが》うだろ!?」

「あー、やっぱり見てたんだ」

しまった、カマかけだ。

「覗《のぞ》き見《み》なんてひどーい」

「別に、したくてしたんじゃない。また具合でも悪いのかと思って、追《お》い掛《か》けたら偶然《ぐうぜん》……」

「え。心配してくれたの？」

「……まぁ」

「そうなんだー。……優《やさ》しいじゃん。えへへ。嬉《うれ》しいね」

屈託《くったく》なく喜んだあと、桐原《きりはら》はまた悪そうな顔に戻《もど》る。

「告白されている私を見て、ちょっと嫉妬《しっと》したんじゃない？」

そんなことない、と言えばよかったのに、即答《そくとう》できなかった。

田中と付き合っているのだろうか？　と勘違《かんちが》いしたとき、少し、焦《あせ》りのような気持ちが生じたのは嘘《うそ》ではなかった。

言葉に詰《つ》まった俺を見て、「えっ」と今度は桐原《きりはら》が意外そうに声を上げた。

「……したの？　嫉妬《しっと》」

「いや、してない」

「でも、ちょっと焦《あせ》った？」

どうして、こんなに的確にこっちの腹を読み取ってくるのか。エスパーか何かなのか？

それとも、俺は自覚していないだけで、そんなに顔に出やすいのか？

「わぁ～……えぇっ……うそぉ」

桐原《きりはら》は両手で自分の頬《ほお》を押さえる。

「ずいぶん嬉《うれ》しそうだな」

にやけたくなるのを抑《おさ》えようとしているのに、抑《おさ》えられない――そんな感じだった。

「そりゃあ嬉《うれ》しいよ。だって……だって、私と同じ気持ちってことでしょ？」

暮井《くれい》さんと参加した飲み会のときの話だろう。

桐原《きりはら》は幸せそうに笑って、少し背伸《せの》びをして、俺に囁《ささや》いてくる。

「好きだよ、銀《ぎん》」

「……学校の中だぞ」

「そうでした。ごめんなさい」

唐突《とうとつ》にいい子ちゃんモードに戻《もど》って、桐原《きりはら》は去っていく。

最近、俺も桐原《きりはら》も緩《ゆる》みすぎだと思う。……気を付けないと。


その後、説明会は無事に終了《しゅうりょう》した。

模擬店《もぎてん》で得た売上金は片付けを済ませたあと、すぐに生徒会室の金庫で保管することになっている。

俺は、桐原《きりはら》の希望で下校時刻ギリギリにお金を届けに行った。

他のクラスは全員、用事を済ませている。生徒会で残っているのも、桐原《きりはら》だけ。

少しだけ、俺たちは人目を気にせずに話をすることができる。

「お疲《つか》れ様《さま》、先生」

「桐原《きりはら》もお疲《つか》れ様《さま》。……大変だな、生徒会の仕事」

「んー ん。クラスの仕事を早引きさせてもらってるから、別に」

桐原《きりはら》は慣れた手つきでお金を数えて、帳簿《ちょうぼ》に記入していく。体育館裏の件がきっかけになったのか、俺への態度もすっかり元通りだ。

「すごいね。うちのクラス、売り上げトップだよ」

「桐原《きりはら》のおかげだろ。準備が早く済んでたから、段取りもスムーズだった」

「ふふふ。学校の事情に色々詳《くわ》しいひとがいると、便利でしょ」

「あぁ。本当に」

「私、役に立てた?」

「聞かなくてもわかってるくせに」

「でもさぁ、そこはやっぱり、褒《ほ》めてもらいたいところじゃない?」

桐原《きりはら》は期待の目を向けてくる。

「……たくさん助けられたよ。ありがとう」

「どういたしまして。ご褒美《ほうび》は?」

「用意していない」

「うん、だと思った。じゃあさ、ちょっとお願いっていうか、やってみたいなーってことがあるんだけど」

ニマニマしながら、桐原《きりはら》は俺の反応を待つ。

すごく嫌《いや》な予感がした。予想通り、桐原《きりはら》はとんでもないことを言ってきた。

「明日から休みじゃん？　私、銀《ぎん》の部屋に行ってみたい」

●

……翌日。

ニュースと天気予報が今年最初の猛暑日《もうしょび》を伝える中、俺は自宅の最寄《もよ》り駅《えき》で冷《ひ》や汗《あせ》を流している。

メッセージで伝えられてきた電車の到着《とうちゃく》時刻になると、緊張《きんちょう》はよりいっそう高まった。

「お待たせ」

ぽん、と肩《かた》を叩《たた》いてきたギャルっぽい娘《むすめ》の口から、聞き慣れた声が発せられた。

髪《かみ》は栗色《くりいろ》で、アイシャドウにつけまつげ、薄《うす》くチークも塗《ぬ》って、額にはサングラスをひっかけている。無言でいられたら、絶対に桐原《きりはら》とは思えないような格好だった。

ノースリーブのシャツと、活発なイメージを与《あた》えてくる短パンから伸《の》びる生足が眩《まぶ》しい。制服とは大違《おおちが》いだ。

「どしたの？」

「……女は、怖《こわ》い」

「あはは。メイクってすごいよね」

桐原《きりはら》はするりと腕《うで》を組んでくる。……まぁ、これだけ別人なら、いいか。

「メイクは風邪《かぜ》引いてるときに成瀬《なるせ》さんに教わったんだ。あのひと、昔はメイク専門だったらしいんだよね」

桐原《きりはら》の表情はとても明るい。というか、浮《う》かれ気味だ。

「駅から遠いの？」

「歩いて五分くらい」

「じゃあ、すぐだね。楽しみーっ♪」

「普通《ふつう》のワンルームだぞ？」

「いいのっ」

掃除《そうじ》をしてない、狭《せま》い、布団《ふとん》もひとつしかない等、ありとあらゆる手で断ろうとしたが、桐《きり》原《はら》は折れなかった。誰《だれ》かに見られたら困る、という話も「秘策がある。絶対バレないようにするから」と押し切られた。たぶん、秘策とはメイクのことだったんだろうな。

俺は、変装をしないで普段《ふだん》通りの格好で歩いている。変装しているところを隣人《りんじん》に見られたら、逆に目立つ。仮に見られても、ちょっと派手な彼女がいる、くらいの認識《にんしき》で留《とど》まってくれるはずだ。

「ところで、荷物がけっこう重たそうだけど、何が入っているんだ？」

桐原《きりはら》が持っているのは、旅行用のキャリーケースだった。小旅行用のコンパクトなタイプだけど、着替《きが》えや変装グッズを入れるにしては大きすぎる。泊《と》まるのは今日だけ、という話のはずなんだけど……。

「夜になってからのお楽しみ。喜んでもらえるといいなー」

やはり不穏《ふおん》な気配を感じたけど、弾《はず》んだ声で話す桐原《きりはら》は本当に楽しそうだ。追及《ついきゅう》するのは野暮《やぼ》な気がして、黙《だま》って歩く。色々と思うところはあるけど、腕《うで》を組んで桐原《きりはら》と一緒《いっしょ》にいられるのは悪くない。

「お邪魔《じゃま》しまーす」

部屋に到着《とうちゃく》すると、桐原《きりはら》は室内を物珍《ものめずら》しそうに眺《なが》める。

へぇっ、ふぅんっ、と楽しそうにキョロキョロしていた。

「けっこう綺麗《きれい》じゃん」

「掃除《そうじ》したんだよ。あまり見るなよ。別におもしろくないだろ」

「えーっ、そんなことないよ。っていうか、銀《ぎん》だって最初、私の家めちゃくちゃ見てたじゃん。エッチな目で」

「見てないっ！」

「見てた見てた。恥《は》ずかしかったんだからー」

軽口を言い合いながら、桐原《きりはら》はゴテゴテした服を脱《ぬ》いで、部屋着に着替《きか》える。

「それじゃまぁ……ゲーム、やりますか！」

結局、二人になった俺たちがやることと言えばこれだ。

携帯《けいたい》ゲーム機とのクロスプレイにも対応しているので、桐原《きりはら》は小さい画面で俺と遊ぶ。

いつもとは逆だった。

やっていることは普段《ふだん》と一緒《いっしょ》だけど、俺の部屋に桐原《きりはら》がいるのは、やっぱり新鮮《しんせん》だった。

夕方になると、用意しておいたご飯を温め直して、空腹を解消させる。

その途中《とちゅう》、桐原《きりはら》が「実はいいもの持ってきてるんだ」と席を立つ。

例のキャリーケースから出てきたのは缶《かん》チューハイだった。

「おいっ、未成年！」

「私は飲まないよ。銀《ぎん》に飲んでもらおうと思って買ってきたの」

「どこで買ってきた？」

「コンビニ」

「身分証の提示は？」

「何も言われなかったよ。メイクってすごいよね。お姉さんに見えてた？」

ちゃんと仕事をしろよ、店員。

「ままま、カタいこと言わずに一杯《ぱい》」

へらへらしながら、さっきまでお茶が入っていたグラスに中身が注がれていく。

「どれくらいなら飲めるの？」

「……一本が限界だ。残りは、別の日に飲む」

「はぁい。じゃあ、冷蔵庫に入れておくね」

本当に弱いけど、お酒自体はとても好きだ。

まともなアルコール分解能力があれば、部屋は空《あ》き缶《かん》で埋《う》め尽《つ》くされていたかもしれない。

少ししか飲めない分、楽しむことのできる量はじっくり味わうのが俺の流儀《りゅうぎ》。

ちびちびと、噛《か》み締《し》めながら飲酒を楽しむ。

「……銀《ぎん》は、変なところでこだわりがあるよね」

ちょっと呆《あき》れられてしまった。

「そういうところ、可愛《かわい》いんだけどさ」

自分が用意したもので俺が楽しんでいるのは、やはり嬉《うれ》しいらしい。飲んでいないのに、桐《きり》原《はら》も上機嫌《じょうきげん》だ。

俺も酔《よ》いが回ってきて、フワフワしてきている。

身体《からだ》に羽が生えているようで、かなり気持ちがいい。

「本当にお酒が好きなんだね。もう一本、いっとく？」

「……いや、いい」

「飲み過ぎて寝《ね》ちゃっても大丈夫《だいじょうぶ》だよ。介抱《かいほう》してあげるから」

「ダメだ。記憶《きおく》が飛ぶのはカッコ悪い。深酔《ふかよ》いするのは、俺の流儀《りゅうぎ》に反する」

「流儀《りゅうぎ》とか言っちゃうタイプだったっけ？　おもしろっ」

桐原《きりはら》がけらけら笑う。

酔《よ》っ払《ぱら》い状態の俺も、げらげら笑う。

なんだか楽しかった。……でも、そんな時間もそろそろ終わりだ。桐原《きりはら》がくれた缶《かん》チューハイは空《あ》き缶《かん》に変わっていた。グラスの中身も、もうない。食事もちょうど終わりだ。

「後片付けは私がやるよ。銀《ぎん》は休んでて」

「うぃー」

「顔色は全然変わらないのに、陽気になるんだねぇ」

「無理しなければ、一時間で元《もと》に戻る」

「なるほど。お水、いる？」

「あぁ、もらおうかな」

桐原《きりはら》はキッチンの引き出しから新しいコップを持ってくる。いつ場所を調べたんだろう。

どうぞ、と言われて素直《すなお》に受け取る。

何も疑うことなく、透明《とうめい》な液体をぐいっとあおる。

後味が妙《みょう》だった。アルコールの味がした。

「桐原《きりはら》ぁっ。これ酒だろうっ⁉」

「え、そうなの？　ミネラルウォーターだと思ったんだけど間違《まちが》えちゃった？」

桐原《きりはら》が持っているのはカップ酒だった。『まるで水の如《ごと》し』とかいうラベルが貼《は》ってあったけど『※お酒です』の注意書きもでかく書いてあった。

「おまっ……ひゃふ……」

ダメだ、舌が回らない。

二本目はダメだ。一口でもダメなんだ。

日本酒とのちゃんぽんはもっとダメだ。完璧《かんぺき》にダメダメだ。ダメ×ダメだ。

「ごめんごめん。お布団《ふとん》敷《し》いたから寝《ね》っ転《ころ》がって」

支えられながら布団《ふとん》に導かれる。

仰《あお》向《む》けになって転がると、世界がフワフワしていた。

雲の上に乗っかっている気分だ。めちゃくちゃ気持ちがいい。

だけど朝になると、俺はこの気持ちよさを忘れてしまう。

っていうか、既《すで》にもう眠《ねむ》くて仕方がない。

頭の大部分は酔《よ》いでグダグダだけど、一部は冴《さ》えている。酩酊《めいてい》状態特有のアレだ。

「んふふ、失礼しまーす」

誰《だれ》かが添《そ》い寝《ね》してくる。

俺以外には、ひとりしかいない。

「銀《ぎん》、ごめんね。でもさ、私……もう我慢《がまん》できなくて」

何を？

思っただけなのか、ちゃんと言葉にしたのか、それすらも曖昧《あいまい》だった。

「わかってるくせに。ふふ」

身体《からだ》を起こしたらしい桐原《きりはら》が、顔を覗《のぞ》き込んでくる。

すごく、楽しそうな顔をしている。

「……いっぱいしよーね、銀《ぎん》」

その後、何かを言った気がする。でも、頭の中がグラグラして、意識が。

●

目が覚めると、窓の外から強い光が差し込んでいた。

時計の針は、朝の時刻を指している。

二日酔《ふつかよ》いはない。深い睡眠《すいみん》と記憶《きおく》の消去が強制される代わりに、俺の肉体は泥酔《でいすい》状態からの超《ちょう》回復を実現する。

身体《からだ》を起こして、状態を確認《かくにん》した。

服は着ている。下着も変わっている。

ただし、布団《ふとん》がない。

タオルケットの上に寝《ね》かされていたせいか、身体《からだ》が少し痛い。

そうだ。桐原《きりはら》は？　どこへ行った？

「あ、おはよう」

桐原《きりはら》が小さなベランダから室内へ入ってくる。うふふ、と微笑《ほほえ》んでいる。

何故《なぜ》か俺のワイシャツを着ていた。下着は着けているようだけど、煽情的《せんじょうてき》な姿だ。

「その格好……」

「昨日、貸してねって言ったよ？」

「……布団《ふとん》は？」

「汚《よご》れちゃったから干してたんだ。シーツも洗っておいた」

「汚《よご》れた？　どうして？」

「うわっ、本当に何も覚えてないんだ」

「昨日、何があった？」

「それは……ねぇ？」

指を組んで、もじもじし始めた。

「えっ？　嘘《うそ》だろ……？」

シーツが汚《よご》れたって、まさか……。

「えっ、いや、マジで？　マジで？」

はにかみながら、桐原《きりはら》は両頰《りようほお》に手を添《そ》える。

「ないしょ」

「嘘《うそ》だろっ⁉」

まったく記憶《きおく》にない。

自分の部屋で酔《よ》ったからって、未成年、しかも、自分の生徒に……。

ショックで、しばらく立ち直れなかった。

俺がまったく動けないでいる間、桐原《きりはら》は嬉《うれ》しそうに、甲斐甲斐《かいがい》しく、鼻歌まじりに家事をこなしていく。

「酔《よ》ってたけど、先生は紳士《しんし》だったよ。幸せな夜でございました」と言われたのが、せめてもの救いだった。

4. トラウマ：別離《べつり》

生徒たちが夏休みに入ると、高校教師の日常もずいぶんと楽に――なったりはしない。

教育委員会からは研修のお誘《さそ》いが来たし、学校からは二学期以降の授業計画を提出するようにも言われている。成績が悪かった生徒たちの補習もあるし、受験を控《ひか》えている三年生に向けた特別授業だってある。

要するに、めちゃくちゃ忙《いそが》しいのだ。

特に研修がきつかった。教育委員会のオジサマたちの前で模擬《もぎ》授業をするのは、なかなか胃に来るものがある。

一応何事もなく終わったはずだけど、気が気じゃない。つい、元カノには『疲《つか》れた……』と数年ぶりに俺からメッセージを送ってしまったし、桐原《きりはら》には電話で愚痴《ぐち》ってしまったくらいだ。

そして、翌日には女子バスケ部の手伝いが待っていた。

「いつか部活動の顧問《こもん》を担当することがあるだろうから、体験しておいた方がいい」という校長のありがたい提案によって、一日副顧問《こもん》をやることになったんだ。

森瓦《もりかわら》学園の体育館には空調設備がついているけど、それでも生徒の熱中症《ねっちゅうしょう》には注意を払《はら》わないといけない。バスケの専門知識なんてものはさっぱり持っていないので、球拾いをしながら具合の悪い生徒がいないか見張る係を担当した。

生徒たちは「夏大会が近いから、助かりまーす」と喜んでくれた。

体調を崩《くず》した生徒も出なかったので、ずーっと球拾いをしていただけだったんだけど、顧問《こもん》の先生にもお礼を言われてしまった。

「ここだけの話、羽島《はしま》先生が森瓦《もりかわら》学園で顧問《こもん》になることはないよ」という話も、こっそり教えてくれた。

なんでも、今の森瓦《もりかわら》学園の部活顧問《こもん》は体育会系も文化系も、それぞれ経験者らしい。みんな進んで顧問《こもん》に名乗り出たひとたちばかりなので、交代の予定がまったくないそうだ。

新しい部ができない限り、仕事は増えそうになかった。

……ちょっと、いや、だいぶホッとしたのは言うまでもない。

自慢《じまん》ではないが、俺が担当できそうな部活なんて何も思い当たらない。……できるとしたら、いま流行《はや》りの「eスポーツ」か……？

「いや、無理でしょ」

夜。桐原《きりはら》の家で、桐原《きりはら》とゲームをしているときに話したら、即答《そくとう》されてしまった。

「私たちがやってるゲームは、競技とは別物だからねぇ」

競技として扱《あつか》われるようなゲームは、基本的に対人対戦型のゲームになる。

俺と桐原《きりはら》のように、コンピューターのプログラム相手と戦い続けるのとは違《ちが》うのだ。

「まぁ、顧問《こもん》なんてならなくていーじゃん。私と遊ぶ時間、なくなっちゃうよ」

実際、俺もまったく同じ気持ちなので、同意するしかなかった。

補習や研修、一日副顧問《こもん》といったイベント続きの七月が終わると、ようやく少し落ち着いた。暮井《くれい》さんと相談をしながら、二学期の授業計画について話し合う。特に、三年生は受験の時期だ。最近の大学入試の傾向《けいこう》なんかも、一応知っておく必要がある。

真面目な話が続いたあと、ふと暮井《くれい》さんが思いついたように、俺に尋《たず》ねてきた。

「羽島《はしま》先生、お盆《ぼん》休みは実家に帰るの？」

多忙《たぼう》な高校教師でも、さすがにお盆《ぼん》は休みだ。この期間ばかりは部活動も完全に停止。学校自体も施錠《せじょう》されて、閉鎖《へいさ》となる。

「実家には帰らない予定です。毎年、両親が墓参りのついでに旅行に行ってしまうので……」

「仲が良《い》いご両親なのね」

「えぇ、まぁ。それがなくても、会社を辞《や》めたあとはずっと実家に居ついていたので、今年はいいかなと」

「そっかぁ。じゃあ、ひとりでのんびり？」

「……の、予定です」

本当は、桐原《きりはら》と過ごす予定でいる。

何も予定がないので、一緒《いっしょ》にいてほしいとけっこう前から言われていた。

「暮井《くれい》先生は？」

「私も自宅でひとり、のんびりよ。年末年始は受験の生徒がいるから気が休まらないでしょう？　たまにはしっかり休まないとね。それに……帰ったら、結婚《けっこん》しろってうるさいんだもの」

笑えない話だった。

反応に困る俺を見て、暮井《くれい》さんはため息をつく。

「ごめんね。あなたに愚痴《ぐち》ってもしょうがないわよね」

「俺もそのうち、彼女のひとりくらい連れて来いって言われるんでしょうかね……」

「ご両親の性格によっては、そうかもしれないわねぇ……」

なんだか、疲《つか》れる話になってしまった。

「いい休みにしましょうね」

「はい。お互《たが》い、がんばりましょう」

そのためにも仕事をなるべく片付けておこう、という流れになり、俺たちの話題は二学期の授業計画へと戻《もど》っていった。

仕事が終わったあと、学校を出て家路につく。

……と言っても、向かう先は自宅ではなく、桐原《きりはら》の家だ。

駅に着くと、変装グッズをロッカーから引き取って、駅前の商業施設《しせつ》のトイレで着替《きか》える。

通い慣れた道を進み、玄関《げんかん》前で連絡《れんらく》をすると、エプロンをつけた桐原《きりはら》が笑顔《えがお》で出迎《でむか》えてくれた。

「おかえりー」

挨拶《あいさつ》は「いらっしゃい」から変わっている。

無理もない。夏休みに入ってからは、ほとんどこっちの方に来ているのだから。

「グッドタイミングだったよ。ご飯の下ごしらえがちょうど終わったところなんだ」

手を引いて玄関《げんかん》に迎《むか》え入《い》れながら、嬉《うれ》しそうに報告してくる。

最近の桐原《きりはら》は野菜を切ったり、下茹《したゆ》でをする作業を全て担当しているんだ。

味付けも教えたけど、それは俺にやってほしいらしい。

「二人で食べるものを、二人で作るのがエモいんだよ」ということなんだとか。

わかるような、わからないような……。

「ぎーん、はーやーくー。ごーはーんーっ」

「はいはい……そんなにお腹空《なか》いてるなら自分で作っちゃえばいいのに」

「やだ！」

「はいはい」

「はいは一回ですぞ、先生」

「はーい」

そんなやり取りをしながら台所に立つと、桐原《きりはら》は背後から俺の首にぶら下がってくる。

今日のご飯は、お好み焼きだ。

かつおぶしとソース、マヨネーズをケチらないのが俺流……もとい、バイト先の店長から教わった美味《おい》しさの秘訣《ひけつ》だ。

出来立てのお好み焼きが食卓《しょくたく》に並ぶと、桐原《きりはら》は目を輝《かがや》かせて歓声《かんせい》を上げた。

「模擬店《もぎてん》でやったときよりも豪華《ごうか》だよ？」

「予算が違《ちが》う、予算が。……いただきます！」

「いただきます！」

箸《はし》で丁寧《ていねい》に割ってから口に放り込む。

おーいしーっ！　と二人で笑顔《えがお》になった。

「最高だよ、銀《ぎん》！」

「最高だな、桐原《きりはら》！」

むしゃむしゃと下品にならない程度に、二人で手早く胃袋《いぶくろ》に収めていく。

手前味噌《てまえみそ》になるが、確かに今日のお好み焼きは良《い》い。会心の出来だ。キャベツのシャキシャキ感、イカと豚肉《ぶたにく》の比率……そして何より、身体《からだ》には絶対悪そうなソースとマヨネーズたっぷり掛《が》けがたまらなくそそる。

酒が飲みたくなる味だ。

……半ば、反射的にそう思い当たった瞬間《しゅんかん》、俺の思考に沈黙《ちんもく》が訪《おとず》れる。

ずーん、と瞬時《しゅんじ》に気分が沈《しず》んでしまった。

「何？　ひょっとして、またなの？」

「…………はい」

まだ記憶《きおく》に新しい、最悪の酒の失敗を思い出してへこんでいた。

俺は……生徒と……桐原《きりはら》と……しかも、それを何も覚えてすらいない……。

被害届《ひがいとどけ》は出されていないわけだけど、自分が法を犯《おか》した人間であることは、ものすごく、ものすごーく俺の心に影《かげ》を落とした。

「銀《ぎん》は本当に真面目だなぁ。もう過ぎたことなんだし、しょうがないじゃん」

「そうはならんっ！」

かっ！　と目を見開いて反論するが、桐原《きりはら》は「そう？」とどこ吹《ふ》く風だ。

「バレなきゃ大丈夫《だいじょうぶ》だってば」

「……そういう問題でもないんだよ。俺の中の問題なんだよ……」

言いつつ、冷めてしまったらもったいないので、お好み焼きをかじっていく。

「私は別に嫌《いや》じゃなかったんだから、いいじゃん」

あの夜以降、桐原《きりはら》はとても上機嫌《じょうきげん》だ。

夏休みになり、教師と生徒でいる時間と自宅でいる時間が逆転して、気が済むまで甘えているせいもあるだろう。それに加えて、一線を越《こ》えたという事実を噛《か》み締《し》めているように見える。

以前は、どことなく焦《あせ》りが見えて、必死に俺を繋《つな》ぎ止《と》めている節があった。

それが消えた。

……具体的には、俺と『最後までしたい』と言わなくなっている。

そんなことをしなくても、すごく幸せなのだとたまに口にするようにもなっていた。慣れない研修や一日副顧問《こもん》で疲《つか》れて帰ってきても、明るく迎《むか》えてくれるので、俺としてもすごくありがたい。

俺の方も幸せなんだが……そのきっかけとなったのが『大人』として最低の行為《こうい》だったから、素直《すなお》に受け入れられずにいる。

すごく、モヤモヤしていた。

「もー。そんなに私とするのが嫌《いや》だったわけ？　さすがに傷付くんですけどー」

久しぶりに頬《ほお》を軽く膨《ふく》らませて、スネ始めてしまった。

こうなると後が面倒《めんどう》なので、無理やりにでも切《き》り替《か》えた方がいい。

「……すまん。悪かった」

「いいえー。ごちそうさまでしたー」

桐原《きりはら》は食器をシンクに下げて、皿を軽く水洗いする。そうしておけば、ソースの汚れも落ちやすい。

水仕事を終えたあと、桐原《きりはら》は俺にキスをしてきた。

「おいしかったよ。いつもありがとね」

「……どういたしまして」

不覚にも、可愛《かわい》いと思ってしまう自分がいる。

そこが一番救《すく》い難《がた》い。

……どうすればいいんだろうな、これは。

「ところで、お盆《ぼん》休みの話なんだけど」

「ん？　あぁ……」

「今日さ、こんなのをお取り寄せしました」

食器を下げて作ったテーブルのスペースに、何やら冊子が並ぶ。

旅行についてまとめた情報雑誌だ。

「温泉」「海水浴」「うまいモノ巡《めぐ》り」といった文字が表紙に目立つ。

「え……何これ」と素になる俺。

「せっかくのお休みだし、どこかにお出掛《でか》けしない？」

「……急だな」

「ふと思いついちゃった感じだからねー。せっかくの夏だし。遠くに行けば、身バレとか気にせず、変装グッズなしでもデートできると思わない？」

基本、桐原《きりはら》とどこかへ出掛《でか》けるときは必ず変装している。

「仕方のないことだけど、ちょっと窮屈《きゅうくつ》だよね」という話は前から出ていた。

遠く、離《はな》れた土地へ行けば……という気持ちはわからないでもない。

「行きたいのか？」

「うん。泊《と》まりは今からだとさすがに厳しいだろうけど、日帰りなら……ダメかな？　電車なら、車ほどは混まないと思うんだ。ほら、この温泉とかどう？」

雑誌をひとつ開いて、角が折ってあるページを開く。

「ふらりと立ち寄って、目についたお店の温泉に入るのがおすすめなんだって。避暑地《ひしょち》としても涼《すず》しくて有名。土産屋《みやげ》をぶらぶら歩くだけでも気分転換《てんかん》にならないかな？」

「うーん……」

「気乗りしない？　のんびりしたい？」

「いや、お盆《ぼん》休みは数日あるし、一日くらいなら行ってもいいと思うんだけど……」

どこで誰《だれ》と会うかわからない怖《こわ》さはある。

俺と桐原《きりはら》が学外で一緒《いっしょ》にいる姿は、誰《だれ》かに一度でも見られたらアウトなんだ。

だけど、桐原《きりはら》は上目遣《うわめづか》いで、俺の良《い》い返事を物欲《ものほ》しそうに待っている。

「…………」

「……俺は変装するけど、それで、いいなら」

パッと笑顔《えがお》が咲《さ》いた。

「じゃあ、さっそく電車のチケット取っちゃうね！　海が見える特急列車で行くんだよー」

桐原《きりはら》は雑誌を見ながらスマホを操作して、手際《てぎわ》よく旅行の手配を済ませていく。

と言っても、日帰りだから電車の切符《きっぷ》を押さえてしまえば、それでほとんど終わりらしい。

「ご飯はどうする？　せっかくだから、駅弁とか買っちゃう？」

「ああいうのって割高なくせに量が少なかったりするから、おにぎりくらいは持って行った方がいいぞ」

昔、元カノと旅行したときは、それがきっかけでプチ喧嘩《げんか》になった。苦い思い出だ。

「お弁当！　いいね！　盛り上がってきた！　ねぇねぇねぇ、おにぎりの具材ってリクエストしてもいい？」

「俺は鮭《さけ》が好きだ」

「たらこも欲《ほ》しい！」

「……梅干しは？」

「欲《ほ》しい！　ツナマヨとかもできちゃう？」

「ツナ缶《かん》にマヨネーズ混ぜるだけだぞ」

「マジで？　じゃあ、あとは……」

桐原《きりはら》のおにぎり具材リクエストはしばらく続く。何を入れるか話し合っているだけなのに、すごく嬉《うれ》しそうだった。

●

今年のお盆《ぼん》休みは暦《こよみ》に恵《めぐ》まれて、丸一週間休みとなっている。

俺と桐原《きりはら》は休みの三日目。水曜日の早朝に避暑地《ひしょち》で有名な温泉に向けて出発した。

日帰り旅行だから、行きは早く、帰りは遅《おそ》く、の予定で動くことにした。

丸二日、しっかり休んだので体調はものすごくいい。この日に備えて、最近は夜更《よふ》かしを控《ひか》えて体内時計を調節した。完璧《かんぺき》だ。

俺だけが変装した状態で、始発電車に間に合うよう、夜明け前の道を歩く。

桐原《きりはら》は小さなキャリーケースに着替《きが》えを入れて移動している。俺はリュックサックだ。

それとは別に、おにぎりがぎゅうぎゅう詰《づ》めの弁当箱が入ったエコバッグも持っている。

鮭《さけ》にたらこ、梅干し、ツナマヨにおかか——桐原《きりはら》が指折り数えてリクエストしたおにぎりがたくさん入っている。ウィンナーと玉子焼きも、同じ弁当箱に入っている。

俺と手を繋《つな》ぐ桐原《きりはら》は、遠足に行く子供のような表情で歩いていた。

それは、電車に乗っても変わらない。

徐々《じょじょ》に明るくなる外の様子に気が付いて、窓の外を指差して俺に知らせてきたときも、無言だけどはしゃいでいるのがわかった。

聞けば、プライベートで旅行に行くのは子供のとき以来だと言う。

「銀《ぎん》は？」

「大学時代だから、数年ぶりだな」

「そっか。……誰《だれ》と行ったのかわかっちゃうのが、ちょっと残念」

そういえば、元カノの方も彼氏《かれし》と今日から旅行だとメッセージが来ていたな。

そんなふうに意識を飛ばしていると、桐原《きりはら》が俺の手を探して、繋《つな》いでくる。

「楽しもうね」

手を繋《つな》ぎながら、ターミナル駅で各駅停車から特急列車に乗《の》り換《か》える。

二人掛《が》けのゆったりと過ごせるシートで、桐原《きりはら》は窓際《まどぎわ》に座った。到着《とうちゃく》まで、おおよそ一時間半程度掛《か》かる。

お待ちかねのおにぎりタイムだ。

なんてことのないお弁当だったけど、桐原《きりはら》は大喜びする。

爪楊枝《つまようじ》を刺《さ》して拾い上げたウィンナーを、俺に差し出して「あーん」と笑いかけてきた。

反応に困っていると、ためらいなく自分の口元へ持っていった。

「……それ、最初から自分で食べるつもりだっただろ」

「わかっちゃった？　だっておいしいんだもん、このウィンナー」

「お弁当にすると、なんか味が変わるよな」

「ご飯で大事なのって、結局雰囲気《ふんいき》なんだろうねー」

半分ほど食べて、残りは昼食に取っておくことにした。

窓の外を見ながら、他愛もない話をしているだけであっという間に時間は過ぎる。記憶《きおく》に残るような会話ではなかったけど、楽しい時間を過ごしたのは間違《まちが》いない。


目的の駅に着いて、改札を出る。

桐原《きりはら》の口から、今日何度目かわからない歓声《かんせい》が出た。

「めっちゃ風情《ふぜい》がある！」

老舗《しにせ》の土産屋《みやげ》が立ち並ぶ駅前の風景からは、はっきりと歴史の重みが感じられた。お盆《ぼん》休みの真《ま》っ只中《ただなか》なせいか、客で賑《にぎ》わっている。

ここからの予定はノープランだ。

ひとまず、目についた土産物《みやげもの》屋をぶらぶら回ってみることにした。

ペナントやら、置物やら、キーホルダーやらが並んでいる。

商品を見る桐原《きりはら》の目は真剣《しんけん》だ。旅行に出掛《でか》ける前に「記念に何か買おう」と決めていた。

「せっかくだし、何か日常的に使えるものがいいよねぇ……」

「定番だと、キーホルダーか？」

「銀《ぎん》がうちの合鍵《あいかぎ》を持ってくれるなら、それでもいいけど」

「……うーん、それはちょっとなぁ」

「私は銀《ぎん》のセーフアウトの基準がよくわからないよ」

ちょっとスネてしまったようだが、興味は土産物《みやげもの》にすぐ移っていく。

店先では、吊《つ》るされた複数の風鈴《ふうりん》がちりんちりんと甲高《かんだか》い音を鳴らしている。

気が付けば、桐原《きりはら》と同じものを見ていた。

「……いや、ないよな」

「ないねぇ……。別々の部屋に同じモノ飾《かざ》ったって楽しくないし」

何か日常的に使えて、同じ空間で持っていても怪《あや》しまれないモノがベストだ。

あ、と桐原《きりはら》が指差す。

「扇子《せんす》は？」

「……ああっ」

いいかもしれない、とすぐに思った。

紳士《しんし》向け、婦人向けはもちろん、若い層に向けたデザインの扇子《せんす》がたくさんあった。

あれは違《ちが》う、これは違《ちが》う、これがいいのでは、と二人で協議していく。

「本当は同じデザインの色違《いろちが》いにしたいよね」

「さすがにそれはやめてくれ……」

「わかってるよ」

気に入った扇子《せんす》はお互《たが》いに見つけたけど、他の店を回ってから買おうと決めて、店を出る。

同じような土産物《みやげもの》屋をハシゴしながら歩いていくと、だんだん通りに銭湯の方が目立つようになってきた。

あまり浸《つ》かり過ぎると湯あたりするし、帰る時間を考えると、入れるのはひとつだけ。

こちらも扇子《せんす》と同じく、どれに入るかを吟味《ぎんみ》する。

「色々あるけど、やっぱりあの古風なところが一番じゃない？」

桐原《きりはら》が推《お》したのは、事前に雑誌でチェックしていたお店だ。写真でも立派で、趣《おもむき》のある佇《たたず》まいだった。実際に目にすると惹《ひ》かれるものがある。

「ここにするか」

「うんっ」

混浴ではないから、店に入ってすぐ、男湯と女湯で別れることになる。

店先で桐原《きりはら》は俺に顔を向けるように促《うなが》してきた。言う通りにすると、軽く唇《くちびる》を合わせてくる。

「またあとでね。綺麗《きれい》に変身してくるから」

「大げさだなぁ」

笑いながら、男湯の方へ移動する。

……実に、いい湯だった。

少しぬるめに感じられる温度だったけど、じっくり浸《つ》かっていると、疲《つか》れがじんわりと湯に溶《と》けていくような心地《ここち》よさがあった。

中も広々としていて、つい、いつもより長湯をしてしまう。

長湯すると寝落《ねお》ちしそうだったので、ほどほどのところで出ておいた。

着替《きが》えと一緒《いっしょ》にカゴに放り込んでおいたスマホを拾い上げて、桐原《きりはら》に「あがったよ」とメッセージを打ち込む。既読《きどく》マークが付かなかったので、コーヒー牛乳を飲みながら脱衣所《だついじょ》のベンチで時間を潰《つぶ》した。

ここを出るときは、また窮屈《きゅうくつ》な変装をしなければいけない。

桐原《きりはら》から連絡《れんらく》が来るまで、束《つか》の間《ま》の解放感を楽しんだ。

……連絡《れんらく》を受けてウィッグやサングラスを付けていると、近くにいた客からは変な目で見られてしまい、ちょっと悲しい。

でも、用心に越《こ》したことはない。安全第一だ。

「あ、来た来た。遅《おそ》いよ、銀《ぎん》」

外に出ると、桐原《きりはら》は先に待っていた。

その姿を見て、俺は唖然《あぜん》とする。

浴衣《ゆかた》姿だったのだ。長い髪《かみ》は後頭部に髪飾《かみかざ》りを付けてまとめている。足元も下駄《げた》だ。

「どう？　どう？　ちゃんと変身したでしょ？」

「……驚《おどろ》いた」

「やったねー。苦労して選んだ甲斐《かい》があったよ」

通販《つうはん》で買ったらしい。

「安いやつで柄《がら》も地味だけど、雰囲気《ふんいき》が大事かなって」

やや照れながら、桐原《きりはら》は身体《からだ》をよじりながら自分の姿を見下ろす。

「で、驚《おどろ》いた以外の感想は？」

ちゃんと褒《ほ》めるまで、解放してもらえなさそうだった。

「……よく似合っている。可愛《かわい》いよ」

んふふ、と幸せそうに微笑《ほほえ》まれる。

桐原《きりはら》は俺の片腕《かたうで》を取って、ぎゅーっと抱《だ》き締《し》めてきた。

「やっぱり旅行は楽しいね」

「そうだな」

下駄《げた》が鳴らす音が隣《となり》から小気味よく響《ひび》いてくる。

ふと横を見ると、ほんのり赤く染まったうなじが目に入った。とても魅力的《みりょくてき》だ。

「何？」

「……別に」

本心を隠《かく》そうとしたけど、桐原《きりはら》は全部見抜《みぬ》いてます、と言わんばかりにご機嫌《きげん》だった。

しかし、道がゆるやかな下り坂になった途端《とたん》、きゃっ、と声を上げてバランスを崩《くず》した。

「……ごめん。ちょっとつまずいた」

慣れない下駄《げた》のせいだろうか。

「メガネ使ってないけど、コンタクト入れてるのか？」

「ううん。朝早かったから、忘れてきちゃって……手持ちもなし」

「知らない道だし、掛《か》けた方がいいんじゃないか？」

「うーん……そうだね。怪我《けが》したら台無しだし、そうしよっか」

やや残念そうだったが、渋々《しぶしぶ》聞き入れてくれる。

「メガネ、キャリーケースの中だ。ちょっと待ってくれる？」

近くにあったベンチで荷物を開き、桐原《きりはら》はメガネを探す。

隣《となり》に立ちながら、ふと通りの方に視線を流した。

行《い》き交《か》う人々の中に一瞬《いっしゅん》、ただ歩いているだけなのに存在感を放つ女性を見つけた。

白いパンツに、ショート丈《たけ》の青いデザインシャツ。へそをちらりと見せながら歩いている。

大きなリングピアスを付けて、額にはサングラスをひっかけている。高いヒールを堂々と履《は》きこなしている姿は、まるでモデルのようだ。

その彼女がハンドバッグのポケットからハンカチを取り出した際に、何かがこぼれ落ちるのが見えた。

「あ……ごめん、桐原《きりはら》。ちょっと行ってくる」

落とし物のところまで走り、拾い上げる。何かのお守りだった。

そのまま、落とし主の背中を追《お》い掛《か》けた。

「すみません！　落としましたよ！」

近くを歩いていた人々の一部が、俺の方を見る。

彼女も振《ふ》り返《かえ》ってくれた。

「え……あっ⁉」

俺が手にしているお守りを見た瞬間《しゅんかん》、彼女は大慌《おおあわ》てでバッグの中を確認《かくにん》した。

「あなたのですよね？」

「そうです！　ありがとうございますっ！」

よほど大事なものだったのか、彼女は何度も俺に頭を下げてお礼を言ってきた。

遠くで眺《なが》めていたときは気後《きおく》れしそうな美人だと思ったけど、言動からはずいぶん柔《やわ》らかいものを感じる。それでいて、近くで見るとより、綺麗《きれい》なひとだと思わされた。

……ふと、鼻先に匂《にお》いが漂《ただよ》うのに気付く。
香水《こうすい》だ。
覚えのある香りだった。
これは――。
「なんとお礼を言っていいか」
ようやく、彼女の方も正面から俺を見てきた。
瞬間《しゅんかん》、俺は硬直《こうちょく》する。
いつもと雰囲気《ふんいき》は違《ちが》う。化粧《けしょう》と髪型《かみがた》のせいだ。服装とアクセサリのせいだ。
でも、間違《まちが》いない。
普段《ふだん》と格好が違《ちが》っても、これだけ接近すると見間違《みまちが》えるのは難しい。
「銀《ぎん》、お待たせ。……どうしたの？」
タイミングが悪いことに、桐原《きりはら》が追いついてきた。
半ば反射気味に、正面に立つ彼女も、メガネを掛《か》けた桐原《きりはら》に目を向ける。
瞬間《しゅんかん》、彼女は大きく目を見開いた。
「……桐原《きりはら》さん？」
気付いて当然だ。桐原《きりはら》は髪型《かみがた》が違《ちが》うだけ。
俺を守ってくれているのは金髪《きんぱつ》のウィッグと、薄《うす》く色の入ったサングラスだけ。

特定に至るパーツはたくさんある。瞳《ひとみ》の形、鼻の形、輪郭《りんかく》。

俺が気付いたのと同様に、彼女も察したのがわかった。

目の前に立つ美女。暮井《くれい》さんの口から、決定的な言葉が出る。

「………羽島《はしま》先生？」

全てが終わるのを、自覚した。

●

……俺と桐原《きりはら》は、黙《だま》るしかなかった。

暮井《くれい》さんは自分の口を手で押さえている。何を言っていいのかわからない様子だった。

判決を待つ犯罪者の気分だった。

事実、そうだった。

お盆《ぼん》休みに生徒と二人でいる。

他の意味が、あるのだろうか？

「——暮井《くれい》先生、これは……」

青ざめた顔をした暮井《くれい》さんは後ろによろめく。

……軽く頭を振《ふ》ったあと、声を潜《ひそ》めて告げてきた。

「……お盆《ぼん》休み明けに、学校で話しましょう」

それだけを言って、暮井《くれい》さんはその場を去った。

俺と桐原《きりはら》の旅行も、そこで実質終わった。

もう、そういう気分ではなかった。

帰る前に寄るはずだった土産物《みやげもの》屋を素通《すどお》りして、扇子《せんす》を買わずに、電車で帰路についた。

帰りの車内で、俺たちは何も喋《しゃべ》らなかった。話せなかった。言えなかった。

ただ、桐原《きりはら》は俺の手を痛いくらい握《にぎ》り締《し》めてきた。俺も、握《にぎ》り返《かえ》していた。

お盆《ぼん》休みはあと二日残っていたけど、桐原《きりはら》は「先生、一度帰った方がいいよ」と言ってきた。

「私、生徒会の仕事で休み明けに学校へ行く。夕方、暮井《くれい》先生も交えて話そう」

……その後、桐原《きりはら》を自宅まで送って、俺も久々に自分の家に戻《もど》った。

何もする気が起きなかった。食事以外は、ほとんどベッドの中で震《ふる》えていた。元カノから来ていたメッセージも全て無視していた。

あとで振《ふ》り返《かえ》ると「桐原《きりはら》もそうだったかもしれないのに」と思うが、このときの俺は、自分の人生が終わる恐怖《きょうふ》以外、何も感じることができなかった。

●

逃《に》げ出《だ》したい気持ちでいっぱいだったが、審判《しんぱん》の日はやってくる。

夏季休暇《きゅうか》が終わった直後の出勤日、俺と暮井《くれい》さん、そして桐原《きりはら》の三人は夕方の生徒会室に集合した。

生徒会の仕事は既《すで》に済んでいるから、この部屋に近付いてくる者は誰《だれ》もいない。

部屋の中央にはテーブルとソファセット。俺と桐原《きりはら》が並んで座り、対面に、眉《まゆ》をひそめた暮《くれ》井《い》さんが座っている。

「……あなたたちのこと、ひとまず、誰《だれ》にも話していません」

暮井《くれい》さんの言葉に、俺は内心ホッとした。

「でも、事情は聞かせてもらいたいです。……いったい、どういう経緯《けいい》で、あの場所にいたの？　あなたたちはどういう関係なの？」

暮井《くれい》さんの質問内容は想像通りだ。

自宅にいる間、どう答えるべきか考え続けた。

——何もかも話すのが一番だろう。

それが、俺の出した答えだった。

赴任《ふにん》してからずっと、俺を可愛《かわい》がってくれた暮井《くれい》さん。間違《まちが》いなく恩人だ。そんなひとに、嘘《うそ》をついて裏切り続けてきたんだ。

最後くらいはせめて、潔《いさぎよ》く、隠《かく》すことなく俺の過《あやま》ちを語りたかった。

「……長い話になりますけど、聞いてもらえますか？」

俺の言葉に、暮井《くれい》さんは静かに頷《うなず》く。

桐原《きりはら》とどこで知り合い、どうなって、こうなったのか。

全てを語ろうと口を開いた瞬間《しゅんかん》、隣《となり》から声が発せられた。

「私から説明しますよ」

桐原《きりはら》だ。芯《しん》の通った、しっかりとした口調だった。

「全部、私が悪いんです。先生に無理を言って、私から迫《せま》ったんです」

「お、おい」「迫《せま》ったって、どういうこと？」

俺の言葉に暮井《くれい》さんの言葉が被《かぶ》る。桐原《きりはら》は続けた。

「そのままの意味です。先生のことが好きになってしまって、私から……そういうことです」

「交際していた、ということ？」

「いえ、厳密には、違《ちが》います」

どこかで言葉を挟《はさ》みたかったけど、桐原《きりはら》の説明が嘘《うそ》ではないから、タイミングがわからない。

それをいいことに、桐原《きりはら》はなおも続ける。

「先生は教師として大人として、とても良識のある方でした。私が、そういう関係になりたいとお願いしても頑《かたく》なに説得してくれました。気持ちは嬉《うれ》しいけど、良くないことだよ、と何度も何度も、私に説明していました」

……嘘《うそ》では、ない。

「でも、私は諦《あきら》め切《き》れなくて、しつこく迫《せま》ってしまったんです」

「…………」

「信じられませんか？　暮井《くれい》先生」

「……普段《ふだん》のあなたを思うと、想像がつかなくて」

「そうかもしれませんね。でも私、けっこう悪い子なんですよ。大人ぶって、いい子のフリしてますけど、年相応です。表向きは笑っているけど、心の中では怒《おこ》ったり寂《さび》しがったり、色々あります。……羽島《はしま》先生は、とても真面目で優《やさ》しくて、惹《ひ》かれました。一方的にでしたけど」

「じゃあ、どうして二人であんな場所に？」

「それも私が悪いんです。どうしても諦《あきら》め切《き》れなくて、無理を言って、あの日だけ遠くへ連れて行ってもらったんです。絶対に誰《だれ》にも見られないように、一日だけ——そういう約束でした。先生は、私に何も手は出していません」

はっきりと嘘《うそ》が混ざり始めていた。何度か、それは違《ちが》うと声を上げるべきだと思いもした。

けれど、その一方で、あることに思い至っていた。

――桐原《きりはら》は、俺を守るためだけに、この嘘《うそ》をついているのか？

違《ちが》うんじゃないのか？

桐原《きりはら》は、桐原《きりはら》自身を守るために、この作り話を考えてきたんじゃないのか？

よく考えてみろ。

もし、俺が真実をぶちまけたとする。

そうなれば俺だけでなく、桐原《きりはら》もダメージを受ける。俺に比べたら軽いだろうけど、桐原《きりはら》だって無事では済まない。

――俺たちの間には旅行の日以外、何もやましいことはなかった。

これを嘘《うそ》だと証明することは、暮井《くれい》さんには不可能なはずだ。

思い出せ。

俺と桐原《きりはら》は共犯者だ。

俺は安易な自己満足で――暮井《くれい》さんへの罪滅《つみほろ》ぼしとかいう自分勝手な都合で、相棒を危険にさらしていいのか？

それとも、俺はやっぱり、我《わ》が身可愛《みかわい》さから、桐原《きりはら》の優《やさ》しさに乗っかろうとしているだけなのか？

……どっちだ？

どれが本当なんだ？　どれが正解なんだ？

暮井《くれい》さんも考え込んでいる。桐原《きりはら》の言葉を、疑っているようだ。

「そんなに信じられないんですか？　暮井《くれい》先生」

桐原《きりはら》からは覚悟《かくご》を感じる。微笑《ほほえ》みを浮《う》かべる余裕《よゆう》すらある。

俺と暮井《くれい》さんだけが、張《は》り詰《つ》めた表情をしている。

「……羽島《はしま》先生に、そう説明するように言われているんじゃないかって、少し疑っている」

暮井《くれい》さんは、俺に視線を向ける。

俺は、黙《だま》って受け止める。

桐原《きりはら》は笑《え》みを絶やさなかった。

「そうですか。じゃあ、それでもいいですよ。でも、仮にそうだとしても、私、さっきの話した内容以外のこと、言うつもりないですから」

その言葉は、俺にも向けられていたのかもしれない。

「仮に羽島《はしま》先生に利用されていたとしても、それで満足です。それくらい、好きなんです」

よどみなく、桐原《きりはら》は言い切った。

暮井《くれい》さんは少し固まったあと、肩《かた》が上下するほど息を吸い込み、深くため息をついた。

「わかりました。さっきの話以上のことはない、と。羽島《はしま》先生も、それでいいんですね？」

念を押された。

否定するなら、ここが最後のチャンスだ。

……でも、俺には否定するメリットを見つけることができなかった。

どう答えても、俺と桐原《きりはら》が——一緒《いっしょ》に夕飯を作って、一緒《いっしょ》に食べる、あの時間を取《と》り戻《もど》すことはもう、きっとできない。

桐原《きりはら》の選択《せんたく》が正解なんだ。

暮井《くれい》さんに二人でいるのを見られたときに、もう、俺たちはダメージを最小限に抑《おさ》えることを優先するしかなくなったんだ。

「……桐原《きりはら》の言う通りです。……すみません」

すかさず、桐原《きりはら》が割って入る。

「羽島《はしま》先生は悪くないですよ。それは、本当です」

暮井《くれい》さんは沈黙《ちんもく》する。

「私たちのこと、どうしたいですか？　職員会議の議題にでもしますか？」

桐原《きりはら》の鋭《するど》い質問に対して、暮井《くれい》さんは「いいえ」と首を振《ふ》った。

「私ね、羽島《はしま》先生に伝えていたことがあるの。生徒たちは子供だけど、人間でもありますって。異性として惹《ひ》かれたり、惹《ひ》かれ合うことも、私は否定しません。あなたたちの人生を壊《こわ》したいとも思いません。今回のことは、私の胸だけに留《とど》めておきます」

胸が痛い。申し訳ない気持ちでいっぱいになった。

「でも、ひとつ約束して。あなたたち二人より、少しだけ先に生きた人間として忠告します。

あなたたち二人の関係や、桐原《きりはら》さんが抱《いだ》いた羽島《はしま》先生への好意が明るみに出た場合、絶対に幸せな結末にはならない。人生が台無しになる可能性だってある。……つらいかもしれないけど、距離《きより》を置きなさい。桐原《きりはら》さん、あなたならわかるでしょう？」

はい、と桐原《きりはら》は即答《そくとう》した。

「そのつもりです。好きになった方に迷惑《めいわく》は掛《か》けたくないですから」

桐原《きりはら》は俺に顔を向ける。そして、頭を下げてきた。

「無理を言って、ごめんなさい。これからは、わきまえます」

……情けないことに、俺は、何も言えなかった。


生徒会室を出たあと、俺と暮井《くれい》さんは職員室に戻《もど》った。二人きりなのを確認《かくにん》してから、暮井《くれい》さんは気の毒そうに俺に告げてきた。

「あなたも約束を守ってね。それが、二人のためになるわ」

「……俺のこと、怒《おこ》らないんですか？」

「怒《おこ》っても仕方ないでしょう。桐原《きりはら》さんが暴走した理由も、なんとなく想像がつくし」

暮井《くれい》さんは、悔《くや》しそうに唇《くちびる》を嚙《か》む。

「あの子が熱を出したとき、ご両親が迎《むか》えに来なかった話は私も聞いてる。誰《だれ》かに甘えたくなるのも、わからないでもない」

「……………」

「桐原《きりはら》さんには、もし悩《なや》みがあるなら私に相談しなさいって伝えておくわ。もしあなたに相談が来たら、私も同席させて」

「……わかりました」


結局、桐原《きりはら》も暮井《くれい》さんも、俺を責めなかった。

帰宅後、俺は桐原《きりはら》にメッセージを飛ばした。

『これでよかったのか？』

返事は、すぐに飛んできた。

『これ以外ないよ。本当のことなんて言ったら、私もそっちもやばいでしょ？』

なんと返事をするべきか、俺にはわからない。

ありがとう？　ごめん？

……どっちを言っても、桐原《きりはら》を失望させる気がした。

迷っている間に、桐原《きりはら》から動画が送られてきた。

桐原《きりはら》が所有する、ノートパソコンの画面が映っている。

ネットワーク上のドライブの管理画面。桐原《きりはら》がマウスアイコンを操作して、何かのデータを消している。

「ろくおんでーた」という名前のファイルを削除《さくじょ》している。

……たぶん、あの日のデータだ。

桐原《きりはら》が俺を引き留めるために使った、あのデータに違《ちが》いなかった。

『これで自由だよ。これからは、普通《ふつう》に戻《もど》ろう』

続けざまにメッセージが飛んでくる。

『あ、でもネットゲーやるのはいいのかな？w　そっちの関係は、秘密のまんまだし』

……少し考えてから、返事を打ち込む。

『桐原《きりはら》が、そうしたいなら』

『おっけー。それじゃ、またゲームでね。お疲《つか》れ様《さま》！』

こうして、俺と桐原《きりはら》の共犯関係は終わる。

俺だけが一方的に守られる形で終わってしまった。

情けなさと虚無《きょむ》感《かん》だけが、心に募《つの》っていく。

5．つらいもの：恋《こい》

森瓦《もりかわら》学園の夏休みには、登校日がある。

八月の初めに一度。お盆《ぼん》休みから、二学期が始まる九月一日までの間に一度。合計二回だ。

二学期の授業計画を無事に作り終えた俺は、明日に迫《せま》った登校日の準備をしている。

職員室に他の先生はいない。暮井《くれい》さんは研修に呼ばれていて、他の先生は部活に参加中だ。

ノートパソコンのキーボードをカタカタ叩《たた》きながら、最近の生活について思いを馳《は》せる。

あの日……暮井《くれい》さんの前で、桐原《きりはら》の嘘《うそ》に乗ってから一週間。

俺と桐原《きりはら》は、ただのゲーム仲間に戻《もど》った。

あれから、桐原《きりはら》の家には一度たりとも行っていない。

桐原《きりはら》とも、直接会ってすらいない。スマホで連絡《れんらく》も取っていなかった。ゲーム内でオンラインになっているのを見かけたら、どちらからともなく遊びに誘《さそ》う。それだけの関係に戻《もど》った。

会話内容も、以前と変わっている。

学校どころか、リアルの話は一切《いっさい》しなくなった。

誰《だれ》に聞かれているわけでもないのに、それらの話はまったく出なくなった。ただ、ゲームのことだけを話すようになっている。

仕事が終わったあと、すぐに自宅へ帰るようになったから、自分のために使える時間は増えている。でも、どこか物足りない気持ちを抱《かか》えているのは自覚していた。

桐原《きりはら》に縛《しば》られた直後は、桐原《きりはら》と、自分の軽率《けいそつ》な行動を憎《にく》んですらいたのに……あの頃《ころ》とは大《おお》違《ちが》いだ。

変装グッズはまだ捨てていないし、夕飯を自分で作るたび、桐原《きりはら》はちゃんと食べているのだろうか、と心配もしている。

未練たらたらだった。一番長く付き合った大学時代の元カノと別れたときだって、こんなに落ち込まなかったのに。

果たして、桐原《きりはら》の方はどうなんだろうか？

考えても答えは出ないが、明日、多少のことはわかるはずだ。

明日、桐原《きりはら》が休まなければ、俺たちは顔を合わせることになる。

本音を言うと、少し、怖《こわ》い。


始業時間に教室へ向かうと、クラス内はとても賑《にぎ》やかだった。

みんな、楽しそうに近況《きんきょう》報告をしている。久しぶりのバカ話を楽しんでいるようだった。

教室に入り、教壇《きょうだん》に立つ。騒《さわ》ぎは収まらない。

「はいはい、静かに。チャイム鳴ってるぞ」

言いながら、教室を見回す。桐原《きりはら》の方を見るのは、最後にした。

一瞬《いっしゅん》だけ、目が合う。

桐原《きりはら》の目には、何もなかった。

以前は、目が合った瞬間《しゅんかん》、悟《さと》られない程度だったけど、微笑《ほほえ》んでくれていた。

今はただ、真面目な顔をしている。

俺は悟《さと》った。

秘密を楽しみ、人懐《ひとなつ》っこく微笑《ほほえ》んでくれた桐原《きりはら》は、俺の前に二度と現れない。

これからはずっと、他の先生に対するのと同じだ。

ただ社交辞令で微笑《ほほえ》むだけの、完璧《かんぺき》な生徒にしかもう会えない。俺を困らせる桐原《きりはら》はもういない。夢か幻《まぼろし》のように、消《き》え失《う》せた。

寂《さび》しさはあったけど、何も言えるはずがない。言う資格もない。

これは、当然の報《むく》いだ。


「先生？　先生ってばー？」

最前列の女子が、俺を現実に引《ひ》き戻《もど》してきた。

「もうみんな静かになったってば。……ガチでキレてんの？」

「ああ、いや。話を聞いてくれるなら、それでいい」

桐原《きりはら》のことは強引《ごういん》に頭から追い出して、連絡事項《れんらくじこう》を伝えていく。

ずっと見ていたわけではないけど、桐原《きりはら》は終始、無表情だった。


ホームルームが終わると、クラスで行うことは何もない。

みんな、散っていく。

桐原《きりはら》は無言で鞄《かばん》を持ち上げ、よそ行きの笑顔《えがお》でクラスメイトに挨拶《あいさつ》を告げて、生徒会室へ向かっていく。

ふと、思う。

俺が報《むく》いを受けるのは当然だ。桐原《きりはら》を失って嘆《なげ》く資格はない。

でも……桐原《きりはら》は？

俺を庇《かば》った桐原《きりはら》の気持ちはどうなる？

俺なんかに甘えなければならないほど苦しんでいた桐原《きりはら》はこれから、どうやってあの寂《さび》しさと向き合っていけばいいんだ？　今、どうやって自分の心と折り合いをつけているんだ？

——何も気に病《や》むな。

——元を辿《たど》れば、一方的に桐原《きりはら》に拘束《こうそく》されていただけだ。桐原《きりはら》だって悪いんだ。

——俺は何も悪くない。

そう思えるほど、俺は図太くなかった。

桐原《きりはら》は、俺を守ってくれたのに。

そのことが、俺の心にしこりを残していた。

●

とは言え、俺にできることは何もない。

……けれど、覚悟《かくご》を決めれば、そうでもない。

そう思わせる事件が、後日起こる。

●

登校日から数日後のことだ。その日は、保護者面談の予定が入っていた。

俺と面談する相手は、桐原《きりはら》の母親だ。

他の生徒の保護者は八月の初旬《しょじゅん》までに予定を聞いて、話を終えている。

桐原《きりはら》の母親だけが「仕事の都合で、どうしても時間が取れない」という理由で後回しになっていた。

ようやく予定が空きました、と連絡《れんらく》が来たのが二日前。

……いったい、どんなひとが来るのだろう。身構えながら教室で待った。

扉《とびら》は、冷房《れいぼう》を効かせるために閉じてある。

約束の時間になると、教室の扉《とびら》が静かに開いた。

「羽島《はしま》先生でしょうか？　お待たせして申し訳ございません。桐原灯佳《きりはらとうか》の母です」

現れたのは、パリッとした印象を与《あた》えるスーツ姿の女性だった。整った顔立ちをしている。

やや高めのヒールを履《は》いた、スタイルのいい美女だ。唇《くちびる》の下にひとつあるほくろのせいか、妙《みょう》に色っぽい。物腰《ものごし》は丁寧《ていねい》だが、美魔女《びまじょ》と言っても差《さ》し支《つか》えない雰囲気《ふんいき》だ。

「初めまして、羽島《はしま》です。どうぞ、こちらの席へ」

ひとつの机を挟《はさ》んで、向かい合って座る。

……当然だが、どことなく桐原《きりはら》の面影《おもかげ》がある。メガネを取ったときのあいつにそっくりだ。

どこか余裕《よゆう》のある微笑《ほほえ》みを浮《う》かべているところなんかも、よく似ている。

——この美人が不倫《ふりん》をしているんだよな？

下世話なことを思《おも》い浮《う》かべてしまい、慌《あわ》てて打ち消した。

「他の方々はもう面談を終えていらっしゃるんでしょう？　私の勝手な都合でこんなに遅《おく》れてしまって……本当に申し訳ございませんでした」

桐原《きりはら》の母親は、本当に申し訳なさそうに頭を下げてきた。

謝られたこちらが恐縮《きょうしゅく》してしまうような、流麗《りゅうれい》な仕草だった。

「いえ……ご多忙《たぼう》だったと聞いております。どうか、お気になさらないでください。お仕事は確か、芸能事務所の社長だったたでしょうか？」

「はい。小さな事務所ですが、おかげさまで軌道《きどう》に乗っておりますの。八月はうちの女優が主演する大事な舞台《ぶたい》があって、昨日は千秋楽でした。ようやく一区切りです」

「そうでしたか。……きっと、大変なのでしょうね」

「楽な仕事なんてひとつもありませんわ。先生だって、大変でしょう？」

そんな雑談を交えつつ、他の生徒の保護者と同じ話題を切り出していく。

成績のこと。

教室での様子。

桐原《きりはら》の場合は、生徒会の話も入る。

いずれも、褒《ほ》めるところしかない。生徒や教師からも気に入られている。

「立派なお嬢《じょう》さままです。とてもよくがんばっていますよ」

そんな話をすると、桐原《きりはら》の母親は謙遜《けんそん》した。

「ありがとうございます。ああ見えて、家ではなかなか私の言うことを聞かないのですが……特に問題がないようで、安心いたしました」

「……お家《うち》での灯佳《とうか》さんのご様子を伺《うかが》ってもよろしいですか？」

「ええ、もちろん――と言っても、私から言えることはあまりないんです。娘《むすめ》は部屋に閉じこもることが多くて。成績を見る限り、勉強しているのだろうなとは思っていますわ。主人も私も、どうにか灯佳《とうか》と話そうとするのですが、どうもあの年頃《としごろ》は難しくて。ただ、私も同じ年頃《としごろ》の時期、親とは折り合いが悪かったので、うろたえないようにはしています」

話を聞きながら、思うところは色々とあった。

俺が知る限り、桐原《きりはら》は今、このひとと同じ家に住んでいない。「ただの思春期」で済ませようとしている。

ただ、その情報は本来、知り得ないことだ。この場では言えない。

「あまり想像できませんね。私たちは優等生の灯佳《とうか》さんしか知らないものですから」

「ふふ、そうですか。でも、本当に大したことではございません。私のときは本当に、ひどく親に反発していましたし。あの程度、可愛《かわい》いものです」

「……というと？」

「私が娘《むすめ》と同じ年頃《としごろ》のときは、もう芸能界でたくさん仕事をしていましたから」

自慢話《じまんばなし》をするような感じではなく、ただ、雑談の延長として桐原《きりはら》の母親は語っていく。

「親に無断で応募《おうぼ》したオーディションに合格して、役者を目指したんです。ずいぶんと反対されましたけど、それ以上に反発しました。半ば、勘当《かんどう》された状態で過ごしていましたから……あの不仲に比べたら、本当に可愛《かわい》いものです」

「──なるほど。今のお仕事は、そのときからの夢がずっと続いた結果なんですね」

「ええ」

だからと言って、桐原《きりはら》を放置する理由にはならない。

……やめておいた方がいいのに、俺は、少し踏《ふ》み込んだ話をし始めた。

「大なり小なり、他のご家庭でも似たような話はございます。問題のない、完璧《かんぺき》な親子関係なんて存在しません。そういう意味では、桐原《きりはら》さんも過剰《かじょう》に心配することはないでしょう。……ただ、正直に申し上げると、私は灯佳《とうか》さんについて、個人的に少々心配をしています」

ずっと余裕《よゆう》を保っていた桐原《きりはら》の母親から、少しその色が消えた。

「先日、灯佳《とうか》さんが体調を崩《くず》し、校内で発熱したことがありました。お電話したのですが、迎《むか》えに来られたのはあなたでも、ご主人でもありませんでした。その際、灯佳《とうか》さんは少しだけ、私に『寂《さび》しい』と気持ちを漏《も》らしました」

面談でこんなことを言ったと聞けば、あいつは怒《おこ》るかもしれない。

でも、言わないと気が済まなかった。

「ご主人は市議会議員で、桐原《きりはら》さんも会社を経営されている。面談がずれ込んだことからも、ご多忙《たぼう》なのは十分わかります。ですが、もう少しだけ灯佳《とうか》さんに寄《よ》り添《そ》えないでしょうか？　あの子は優秀《ゆうしゅう》で、周囲へ気遣《きづか》いができます。その分、助けを求めるのがとても苦手です。一度、正面から向き合っていただけると、担任としては安心できます」

「…………」

「……桐原《きりはら》さん？」

桐原《きりはら》の母親は、唖然《あぜん》としていた。

何か、ありえないことを聞いたような表情をしている。

「すみません。差し出がましいことを――気分を害されたのでしたら、謝罪いたします」

不安になってそう告げたが、向こうは動かない。

と思いきや、何か呟《つぶや》いた。

「……そう。あなたが」

「？」と首を傾《かし》げるしかなかった。

「へぇっ……フフフ」

桐原《きりはら》の母親は打って変わって、納得《なっとく》したように微笑《ほほえ》む。

とても楽しそうだった。でも、すごく嫌《いや》な感じだ。

「すみません。先生のおっしゃる通りですわね。娘《むすめ》が発熱したときにお電話いただいたことも
よく覚えています。あのときは申し訳ございませんでした」

「……いえ」

口では謝っているが、桐原《きりはら》の母親から謝意は一切《いっさい》伝わってこない。

それどころか、桐原《きりはら》の母親は前のめりになって、机に両肘《りょうひじ》をついてくる。娘《むすめ》と同じ、豊満

な胸を机に乗せて、上目遣《うわめづか》いで俺を見つめてくる。

俺は、戸惑《とまど》うしかない。

いったい、なんなんだ?

「ねぇ、先生。聞いていただきたいことがあるのですけど、お時間をいただけるかしら? 身内の恥《はじ》をさらすようで心苦しいのですが、実は昨晩、娘《むすめ》と大喧嘩《おおげんか》をしましたの」

俺は眉《まゆ》をひそめる。

笑いながら、楽しそうに話してくる内容には到底《とうてい》思えない。

「舞台《ぶたい》があって忙《いそが》しかったけれど、ようやく落ち着いた。それで、娘《むすめ》に久しぶりに会いに行ったんです。熱を出したとき、別の者を迎《むか》えに行かせたのはさすがに悪かったなと思って、謝りに行ったんですよ。あの子が好きそうなケーキも買って。渡《わた》した瞬間《しゅんかん》、床《ゆか》に投げ捨てられましたわ。今さら何をしに来たの? ってすごい剣幕《けんまく》で怒鳴《どな》られました」

当然だ。

口では強がっていたが、あの日、桐原《きりはら》がどれだけ傷付いたか。

「仕事で忙《いそが》しかった、会社の今後を左右する大切な舞台《ぶたい》だった、と弁明するしかありませんでした。でも、あの子は私が嘘《うそ》つきだと叫《さけ》びました。舞台監督《ぶたいかんとく》は業界の大御所《おおごしょ》。以前、私自身が役者として躍進《やくしん》するきっかけになった舞台《ぶたい》を担当した方でもありました。そのひとに会いに行ってたんでしょう? と言われましたよ。その通りだったので、何も反論できませんでしたわ。

いったい、どこからそういう情報を持ってくるのでしょうね。ただの勘《かん》でしょうか？」

ねぇ？　と返事を求められたが、俺は何も言えない。桐原《きりはら》の母親は笑《え》みを深めて続ける。

「私、その舞台監督《ぶたいかんとく》の方が大好きなんですよ。私も歳《とし》を取りましたけど、未《いま》だに可愛《かわい》がってくださるの。美しい奥様がいるにも関わらず、女として満たしてくれる大切な男性ですわ。あのひとの前でだけ、私は瑞々《みずみず》しかった若い時代に戻《もど》れるの。素敵《すてき》でしょう？」

「…………」

「娘《むすめ》にも、同じ話をしましたわ。恋《こい》って素敵《すてき》よ。人生と感情が豊かになるの。とても幸せな気分になれるわ、って」

「…………」

「そうしたら、あの子、どうしたと思う？　泣きながら、笑ったのよ。そのあとに言ったわ」

――ああ、わかるよ。

――悔《くや》しいけど、すっごくわかるよ。

――とても幸せだよね。満たされるよね。恋《こい》って、素敵《すてき》だよ。

――小さいころから、きっとそうなんだろうな、とは思ってた。

――それ自体はいいんだよ。むしろ、そうでないと困る。

――男の人との時間は、実の娘《むすめ》より大切で、甘美《かんび》なもの。そうじゃないと困るんだよ。

——だって、恋《こい》が素敵《すてき》なものじゃなかったら、私が放っておかれる理由がなくなっちゃう。

——それが実の娘《むすめ》よりも大切じゃないんだったら、私は、なんで？　ってなるじゃん。

——私もさ、甘い思い出が欲《ほ》しくて、早く良《い》い恋《こい》をしようってがんばってみたよ。

——小さいときから、ずっと思ってた。ずっと憧《あこが》れてた。早く運命の恋《こい》をしようって。

——最近、やっと素敵《すてき》なひとに出会えたよ。

——幸せだったよ。最高だったよ。大事にしてもらえたよ。

——生きててよかったって初めて思えた。だから、ママの言うこと、わかるよ。

——パパにとって、今でもママがそういう相手だったらよかったのに。

——浮気《うわき》されたママが悲しくなって、別の男に走ったの、今ならわかる。

——失うつらさを、わかったから。……悔《くや》しいけど、私は、ママの娘《むすめ》だね。

——大切な相手を失うところまで似たくなかった。最悪だよ。ちくしょう。


「…………」

話の途中《とちゅう》から、感情を抑《おさ》え込むのに必死だった。はらわたが煮《に》えくり返《かえ》るほど、怒《おこ》っていた。

自分自身にも、目の前の人物にも。あとからあとから怒《いか》りが湧《わ》いてきてしょうがない。

「どう？　今の話を聞いた感想は」

「……何故《なぜ》、私にこんな話を？」

「あなたには聞かせるべきだと思ったの。一番聞きたかったんじゃない？　勘違《かんちが》いかしら？」

急に豹変《ひょうへん》した態度。

それに、さっきの話。

確信する。

理由はわからないが、このひとは見抜《みぬ》いている。

俺が桐原《きりはら》にとって「そういう相手なんだ」と気が付いているんだ。

「……俺からも、あなたに話を。先日、灯佳《とうか》さんから、昔話を聞く機会がありました」

日帰りで温泉に向かったとき——電車でおにぎりを食べながら言われた話だ。

桐原《きりはら》の母親は家事が苦手で、全てお手伝いさん任せ。何かを作ってくれることなんてまったくなかった。

けれど、一度だけ。子供のころ、三人で行った家族旅行で、母親がおにぎりを作ってくれた。

お世辞にも上手とは言えない出来だった。

形もいびつで、塩加減もめちゃくちゃで——。

「だけど、あのおにぎりが一番おいしくて、一番幸せな時間だった。食事で一番重要なのは、やはり雰囲気《ふんいき》なのだと——あいつは、そう言ってました」

俺の話を聞いても、目の前の人物は動じないだろう。

おそらく、俺が何を言ってもこのひとは変わらないだろう。響《ひび》くはずもない。

だが、そんなのは関係ない。

このひとだけが、あいつを本当の意味で救えるはずなんだ。……許せなかった。

「桐原《きりはら》さん。あなたは立派なひとだ。会社もやられて、学生のころから芸能界で働いて。そこにはきっと、他人には想像もできない努力があったでしょう。つらいこともあったはずです。俺程度では足元にも及《およ》ばない。すごいひとです。……でも、失礼を承知で、あえて言います」

睨《にら》み付《つ》ける。

「あなたは桐原灯佳《きりはらとうか》にとって最低の母親です。あいつが、かわいそうだ」

はぁっ、と桐原《きりはら》の母親は感嘆《かんたん》の吐息《といき》を漏《も》らした。

顔を赤らめて、身震《みぶる》いまでしている。

「良《い》いわ……あなた、すごく良《い》い。灯佳《とうか》がのめり込んだのも納得《なっとく》よ」

このひとは、どこまで俺の神経を逆なですれば気が済むんだ?

「最初は、誰《だれ》かに嫌《きら》われるのを怖《こわ》がる典型的な青二才だと思ったのに。……あなた、自分で気が付いていないでしょうけど、今みたいにしている方がずっと魅力的《みりよくてき》よ。ゾクゾクしちゃう。睨《にら》まれるとイジめられたくなるわね。イジめてみたくもあるけど」

桐原《きりはら》の母親は、鞄《かばん》から名刺《めいし》入れを取り出す。『桐原美夜子《きりはらみよこ》』と印字された芸能事務所の名刺《めいし》だ。その裏に、携帯《けいたい》電話番号らしきものをその場で書き込んでいく。

「これ、私の番号よ。灯佳《とうか》に飽《あ》きたら、ぜひ連絡《れんらく》ちょうだい。私、どっちも普通《ふつう》より深いから退屈《たいくつ》させないわよ。誰《だれ》も知らないあなたを探してあげる。大丈夫《だいじょうぶ》。秘密にしておくわ」

最悪の気分だった。少し考えてから、差し出された名刺《めいし》を受け取る。

「そういった用途《ようと》では絶対に使用しませんが、こちらは受け取っておきます。もしも灯佳《とうか》さんが体調を崩《くず》したときは、連絡《れんらく》いたします」

教師として話していることを強調するために、敬語に戻《もど》した。

「一途《いちず》なのね。そういうところも好きよ。でも、灯佳《とうか》はあなたを許すのかしら？」

「…………」

「そうそう。忠告しておくわ。うちの主人が議員であることは内密にしているの。昨今は物騒《ぶっそう》でしょう？　あなたが『あの子の特別』だってわかるには十分な情報なのよ。注意なさい」

「……わかりました。覚えておきます」

「そうしておいて。長い付き合いになるよう、祈《いの》っているわ。うふふ」


結局、俺に足りてなかったのは覚悟《かくご》と意志だったんだろう。

自分がしたいことを貫《つらぬ》く強さが欠けていた。

桐原美夜子《きりはらみよこ》は最低のクズで毒親だったが、俺をけしかけてくれたことには感謝している。

一日の仕事を終えた俺が向かった先は、自宅ではなかった。

安さが売りの総合ディスカウントストアで野球帽《ぼう》とサングラス、服を買って、通い慣れた道を進み、桐原《きりはら》の自宅を目指す。移動中、元カノから『相談がある』と連絡《れんらく》が来ていたが『今は忙《いそが》しい』と断った。

到着《とうちゃく》すると、すぐにチャイムを鳴らす。

出てこなかった。

スマホを取り出して、『家の前まで来ている。開けてくれ』とメッセージを打ち込んだ。

冷たいドアの向こう側から、慌《あわ》てて走ってくる気配がした。

鍵《かぎ》が開いて、扉《とびら》が勢いよく開く。

「……先生？」

いつものキャミソールに短パン姿だ。目元が少し腫《は》れている。

「なんで？」と桐原《きりはら》が言い切る前に、細い身体《からだ》を抱き締《し》めた。

腕《うで》の中で呼吸が止まる気配があった。

「あの、ちょっと」

「いいんだ」

「よくないよ、ダメだよ」

押し戻されそうになったけど、それ以上に強い力で抱き締《だし》めた。

——この子は恩人なんだ。

去年の夏ごろ、会社でうまくやれていなかった時期に、それを内緒《ないしょ》にして、いつものように桐原《きりはら》の相談に乗っていた。

大したアドバイスはしていないのに、桐原《きりはら》は俺に救われていると言ってくれた。

『ＧＩＮは相談に乗るのが上手だよね』

『もしかして学校の先生とかだったりする？　違《ちが》う？　そっかぁ、向いてると思うけどなぁ』

あれがあったから、俺は死なずに済んだ。新しく生きていく方法を選ぶこともできた。

今度は俺が助ける番だ。

もともと死んでいたかもしれない人生だ。

たとえ人生が台無しになっても、後悔《こうかい》はない。

「ねぇ、ダメだよ。ダメだってば」

「…………」

「銀《ぎん》……」

「…………」

「もぉ〜っ……」

ぐすっ、と鼻をすする気配があった。頭を何度か撫《な》でているうちに力が抜《ぬ》けていく。

お互《たが》いの存在を確かめるように、しばらくの間、抱《だ》き合《あ》っていた。

――が、桐原《きりはら》が許してくれたのは、そのときだけだった。

「さっきのは事故みたいなもんだからね。……いきなり来られても、困るんだけど」

人目があるから、と室内に招かれたあと、憮然《ぶぜん》とした態度でそう言われた。

いつもゲームをしていたテレビの前に座って、話し合う。

「未練があるのはわかるよ。でも、やめた方がいい。バレちゃったんだもん」

桐原《きりはら》の言うことはもっともだ。

俺が覚悟《かくご》を決めたのは俺個人の問題で、バレたときのリスクは据《す》え置《お》きだ。

桐原《きりはら》に付き合う気がないのなら一方的な気持ちで終わるし、万が一、暮井《くれい》さんが俺の行動に気が付いたら、今度こそ、全てブチまけられるかもしれない。

暮井《くれい》さんの言う「幸せにならない」結果が待っているだろう。

「今なら、綺麗《きれい》に終われるじゃん。……それじゃあダメなの？」

「ダメだ」

「なんで？」

「嫌《いや》だから」

「……何それ。子供みたい」

「桐原《きりはら》を放っておきたくないんだ」

不機嫌《ふきげん》だった桐原《きりはら》が、困ったように目を伏《ふ》せた。……ずるい、と唇《くちびる》が小さく動いた。

「ひょっとして、ママと何かあったの？」

「いつか、話せるときが来たら話す」

「……聞かない方がいいなら、やめとく」

「とにかく、俺の方は覚悟《かくご》を決めた。それを伝えに来た」

「……嬉《うれ》しくないって言ったら嘘《うそ》になるけど、無理だよ。せめて私が卒業してからじゃない？　それまでは、生徒と先生でさ……」

「そうやって、俺の気持ちが冷めるのを待つつもりなんだろう？」

桐原《きりはら》が、再び固まる。

「卒業まであと一年半ある。その間、誰《だれ》にも頼《たよ》らず、誰《だれ》にも甘えることなく、お前が生きていけるか？　激重の恋愛依存《れんあいいぞん》で、甘えたがりで、ちょっとひとりになっただけでこんなに家がグチャグチャになるのに？」

うっ、と桐原《きりはら》が気まずそうにうつむく。洗濯《せんたく》物も放置したままだし、キッチンは使った形跡《けいせき》がない。まとめてあるゴミ袋《ぶくろ》にはコンビニ弁当の容器がたっぷりだ。部屋もほこりっぽい。

……初めて来たときは、もう少し片付いていた。

どれだけダメージがあったかは、簡単に読み取れる。

「もしかしたら、俺以外にいい相手を見つけるかもしれない。でも、それだと俺が困る。色々と進展させるのは卒業してから、っていうのは同意だ。でも今、バレる前と同じ関係に戻《もど》れないと、俺は不安でしょうがないんだよ」

う〜っ、と桐原《きりはら》が唸《うな》りだす。

「なんだよもぉー……どれだけ誘惑《ゆうわく》しても乗り気じゃなかったのに、なんでいきなりそんなに積極的になるかなぁ……ずるい、ほんとにずるい」

べし、べし、と何度も叩《たた》かれた。あまり痛くない。

「……でも、やっぱりダメだよ。なんだかんだで暮井《くれい》先生は真面目だし、次にバレたら、出るところ出たっておかしくない。危ないよ」

背中を小動物のように丸めて、桐原《きりはら》は言葉を絞《しぼ》り出《だ》す。

「私のせいで銀《ぎん》が不幸になるのは嫌《いや》だよ」

……作り話で乗り切ろうとしたのは、やっぱり俺のためだった。

それがわかっただけでも今日、来た甲斐《かい》があった。

「そうだな。桐原《きりはら》の言い分にも一理ある。反対の立場だったら、俺も同じことを言う。その上でひとつ、考えがあるんだ。桐原《きりはら》の言うように、問題は暮井《くれい》さんだ。あのひとに秘密を知られている限り、俺たちは元の関係に戻《もど》るべきじゃない。……逆に言えば、暮井《くれい》さんの問題がなければいい」

　障害自体は、すごくシンプルなんだ。

「暮井《くれい》さんが俺たちの秘密を絶対に黙《だま》るようにできたら、俺たちは元に戻《もど》れる」

「理屈《りくつ》はわかるけど、それってさ……」

「乱暴なことをするつもりはない。でも、ちょっと探《さぐ》ってみたいんだ。……実は、暮井《くれい》さんのことでずっと気になっていたことがある」

「……何？」

「温泉街であのひとと鉢合《はちあ》わせしたときの態度だ」

　俺たちのことを、間違《まちが》いなく俺たちなのだと認識《にんしき》した瞬間《しゅんかん》、あのひとは思わず、俺の名前を呟《つぶや》いた。

　驚《おどろ》いて俺たちが固まったあと、あのひとは「しまった」という顔で、自分の口を押さえた。

　――暮井《くれい》先生、これは……と俺が言い訳しようとした瞬間《しゅんかん》、ひどく動揺《どうよう》した。

「あのときは、俺たちのことを驚《おどろ》いていたと思ったんだ。でも、よくよく考えると、違《ちが》うんだ。あれは……俺が暮井《くれい》さんの名前を呼んだから、困っていた気がするんだ」

「何それ？　どういうこと？」

「あのひとも変装していたんじゃないか？　俺に正体がバレて、焦《あせ》ったんだよ」

着飾《きかざ》れば美人だろうな、とは最初から感じていた。けれど、あのモデルじみた派手な格好は、あのひとの好みとは思えない。

あれは普段《ふだん》の暮井《くれい》さんを知っているひとほど、暮井《くれい》さんだと気が付けない姿だ。

「至近距離《きより》で顔を見るまでは、俺もわからなかった。それまでは、あの格好をしたひとが暮井《くれい》さんだなんて想像もしなかった。……俺と同じ臭《にお》いを感じるんだ。休み明けに話そうと決めたあと、逃《に》げるようにどこかへ行ったのも気になる。……お盆《ぼん》休みは家でのんびりするって、俺に言ってたのも嘘《うそ》だったし」

「……怪《あや》しいと思えばどこまでも怪《あや》しいやつじゃない？　都合よく考え過ぎな気がするけど」

「わかってるよ。でも、探《さぐ》ってみたいんだ。あのひとにも、誰《だれ》かに話せない何かがあるかもしれない」

歯には歯を。毒を以《もっ》て毒を制す——だ。

「乱暴はしないって言ってたけど、けっこう力業《ちからわざ》だね」

「仮に秘密があったとしても悪用はしない。ただ、守るために使わせてもらうだけだ」

「……どうやって調べるの？」

「仕事帰り、尾行《びこう》してみる」

教師の朝は早い。暮井《くれい》さんも例外ではない。プライベートで何かあるとすれば、夜のはずだ。

「……それ、いつまでやるの？」

桐原《きりはら》が心配そうに俺を見る。

「ずっとは無理だよ。調べているのがバレるのも危ないでしょ。せめて、期限を決めよう？」

「そうだな。卒業までどうだ？」

「長すぎるよ。二ヶ月……いや、一ヶ月にして」

桐原《きりはら》は続ける。

「あるのかもわからない秘密に時間を割《さ》くのは、もったいないよ。一ヶ月で何もなかったら、ちゃんと終わりにしよう」

──仕事との両立を考えると、確かに限界はある。

妥当《だとう》な期間かもしれない。

「わかった」

期間限定、探偵《たんてい》ごっこの始まりだった。


……とは言え、すぐにそんなものをあっさり始められるわけがない。

「来たついでだから」と桐原《きりはら》の部屋を掃除《そうじ》している途中《とちゅう》、向こうからこんなことを言われた。

「さっき、仕事帰りに尾行《びこう》してみるって言ってたけど、簡単にできるものなの？」

「……わからん」

たいていの人間がそうだと思うが、誰《だれ》かを尾行《びこう》した経験なんて俺にはない。

「ちょっと調べてみるか」

ゴミ袋《ぶくろ》（大）の口を縛《しば》り終えたあと、スマホで「尾行《びこう》　やり方」で調べてみる。

いきなり、『素人《しろうと》は尾行《びこう》をするな！』と注意喚起《かんき》をするサイトが複数、目に入ってきた。

「どうしたの？」

「……いや、別に」

やや暗い気持ちになりながら、検索《けんさく》結果に片《かた》っ端《ぱし》からアクセスしてみる。

結論から言うと、どのサイトにも「尾行《びこう》は簡単ではない」と書いてある。

尾行《びこう》をする目的は、相手を調べることにある。そのためにはなるべく近付く必要があるけど、近すぎるとバレる可能性がある。

こうなってしまうと最悪、ストーカーとして訴《うった》えられることもある。

となると、バレない程度に離《はな》れなくてはいけない。

だが、離《はな》れてしまうと、今度は相手を見失う危険性が増す。

信号がちょうど変わって分断させられることもあるし、電車に飛び乗られることもあるし、あっという間にタクシーに乗られることもある。

尾行《びこう》の成功には、つかず離《はな》れずの絶妙《ぜつみょう》な距離《きょり》感《かん》が不可欠だ。……しかし、それを得るには訓練や場数が必要になる。

素人《しろうと》がやるべきではない、という答えはそこから来ているらしい。想像以上に体力や精神力が求められる、とも書いてある。

「ダメじゃん」

「……ダメだな」

「プロに頼《たの》んだら？　探偵《たんてい》事務所とか……」

「いや、それこそダメだ。俺が暮井《くれい》さんを調べる理由を訊《き》かれたら答えられないだろ。向こうもプロだし、それこそストーカーって思われたら色々終わる」

「じゃあ、どうするの？」

「……きつくても、やるべきじゃなくても、やるしかないだろ」

「一ヶ月間、仕事あがりや土日も、ずーっと張り付くの？」

「それはやらない。尾行《びこう》がきつくて、バレるのがやばくて、難しいって言うなら……なるべく回数は減らさないとな」

無茶なのはわかっている。だけど、やるしかない。

●

翌日、いつものように出勤して、いつものように、暮井《くれい》さんの隣《となり》の席で仕事をした。

「暮井《くれい》先生、ちょっと質問があるんですけど……」

「ええ、どうぞ」

ありがたいことに、暮井《くれい》さんは特に変わらず、俺と接してくれている。

俺を軽蔑《けいべつ》したり、警戒《けいかい》している気配はない。

それどころか、俺を心配するような言葉が目立った。

「ちゃんと眠《ねむ》れてる?」とか「何か力になれそうなら、遠慮《えんりょ》なくね」と声を掛《か》けてくれる。

以前からそういうことは言われていたけど、回数が増えた。

それをいいことに、俺は休憩《きゆうけい》時間に雑談を振《ふ》る。

「何か新しい趣味《しゆみ》を見つけたいんですけど、おすすめってありますか?」

「えー……難しいわね。どういう系統の趣味《しゆみ》? 運動系とか、自宅でできることとか……」

「楽しそうであれば、なんでも。暮井《くれい》先生って休みの日はどうしているんですか?」

「自宅でゆっくりが多いわよ。たまに、友達と飲みに行くけど」

「友達と遊ぶのが趣味《しゆみ》なんです?」

「まぁ、気分転換《てんかん》にはなるわよね。趣味《しゅみ》とは違《ちが》うかもしれないけど。あ、海外ドラマはけっこう見てるかな？」

「あぁ、おもしろいって聞きますよね」

「当たりハズレはあるけど、ハマれたら楽しめるわよ。一話を見るのに一時間も掛《か》からないから、平日でも見られるの」

「……前から気になってたんですけど、暮井《くれい》先生ってよく残業してますよね。何時ごろ学校を出てるんですか？」

「夜の八時くらいかな～。帰ってご飯食べて、お風呂《ふろ》に入ってドラマ見たら、もうくたくた。朝までぐっすりよ」

「朝は早いですもんね」

「七時に学校に来ようと思ったら、どうしてもね」

——みたいな話の内容を、俺は必死に記憶《きおく》に留《とど》めておく。

暮井《くれい》さんが席を立ったあと、忘れないうちに大急ぎでメモしていった。

今、一番必要なのは情報なんだ。

もしも暮井《くれい》さんに秘密があったとして、「隠《かく》したい何か」をする時間がどこにあるのか、探《さぐ》りたかったんだ。

高校教師の仕事は夜が遅《おそ》く、朝が早い。平日に自由時間はそんなにないはず。

その時間がわかれば、バレたら一巻の終わりとなる尾行《びこう》の回数を大幅《おおはば》に減らせる——それが俺の考えだった。

(平日は金曜日を除いて、捨てていい。何かあるとすれば金曜日の夜、土日のどこかだ)

朝、暮井《くれい》さんが寝不足《ねぶそく》でつらそうにしているところを、俺は見た記憶《きおく》がない。そういう観点からも可能性を潰《つぶ》していく。

その上で一応、最初の数回は平日の夜も確認《かくにん》しておこうと思った。

火曜日の夜。俺は意図的に日中の作業を遅《おく》らせて、残業の機会を作った。

午後七時半ごろ、暮井《くれい》さんに挨拶《あいさつ》をして学校を出る。そのまま、付近のコインロッカーに隠《かく》してあった変装グッズを回収……着替《きが》えを済ませて、また学校の近くへ戻《もど》る。

時間は、暮井《くれい》さんがいつも退勤していると言った時間の十分前。

少し待っていると、暮井《くれい》さんは学校から出てきた。歩きだ。確か、彼女も俺と同じバス通勤だったはず。潜《ひそ》んでいた物陰《ものかげ》から出て、暮井《くれい》さんの後を、なるべく頭を空っぽにしながら追う。

偶然《ぐうぜん》を装《よそお》い、同じバス停に並んだ。使っている変装グッズは全て新調したものだし、暮井《くれい》さんも後ろを振《ふ》り返《かえ》る気配はない。それでも、けっこう緊張《きんちょう》した。

バスの中は席が埋《う》まる程度の混雑具合で、尾行《びこう》にはちょうどいい。

暮井《くれい》さんは前の方の席に座り、ずっとスマホを操作している。俺は後ろの方に立ち、窓の外を見るふりをしながら、暮井《くれい》さんが降りるのを待つ。

二十分ほど経《た》つと、ようやく暮井《くれい》さんがバスを降りていく。当然、同じ場所で降りる。

住宅街の中を通る二車線の、わりと広い道路だ。その歩道を、暮井《くれい》さんはすたすたと歩いていく。車通りも人通りもそこそこ多いから、後ろをついていっても怪《あや》しまれない。見失わないようにだけ注意して尾行《びこう》を続ける。

道路沿いにはいくつかアパートや小さめのマンションが建っている。

そのうちのひとつが、暮井《くれい》さんの自宅だった。

二階建ての、それほど大きくないアパートだ。一人暮らしなのだろう。門やエントランスのない、昔ながらの住宅という感じの建物だった。

女性がひとりで暮らすには危ない気もしたけど、人通りも多いし、道沿いには交番もあった。それほど治安は悪くないのかもしれない。

アパートの敷地《しきち》には入らず、通り過ぎながら、暮井《くれい》さんが立ち止まるドアの位置を確認《かくにん》する。

一階と二階も、部屋が五つ。暮井《くれい》さんは二階の、歩道から一番離《はな》れた角部屋の玄関《げんかん》を開けていた。二階へ上がる手段は、道に面した外壁《がいへき》に沿ってついている階段だけのようだ。

アパートの奥に別の道へ抜《ぬ》ける出入り口はない。道に面しているのは今、俺が立っている場所だけ。おまけに、道路を挟《はさ》んだ向かい側には個人経営の喫茶店《きつさてん》がある。窓際《まどぎわ》の席なら、アパートの出入り口をずっと見ていられる。さらにありがたいのは、玄関《げんかん》とは逆側、ベランダが見える方に小さな公園があることだ。しかも、ベンチつき。張り込みをするには最高の条件が整っていた。

思いがけない幸運に感謝しつつ、公園の方へ移動する。

暮井《くれい》さんの部屋には明かりが点《つ》いていた。

……今晩は、それが消えるまで見張る予定だ。

まだ八月とはいえ、夜はそれなりに肌寒《はだざむ》い。季節外れのホットコーヒーを自販機《じはんき》で仕入れながら、電気が消えるのをただただ待つ。

——確かにこれは、体力的にも精神的にもきつい。

来週明けにはもう、夏休みが終わって授業が始まる。そうなれば、もっときつかった。今日動いたのは正解だったかもしれない。

●

暮井《くれい》さんの部屋の電気は、午後十時半過ぎに消えた。

八時半に帰宅して、食事や風呂《ふろ》。そこに海外ドラマを見る時間を当てはめると、だいたい計算が合う。雑談で話していた内容に嘘《うそ》はないと判断できる。

一応、もう一日だけ同じように尾行《びこう》してみたけど、明かりが落ちたのは、やはり午後十時半。

——やっぱり、張り付くなら金曜日の夜と土日。

確信を深めて、週末を迎《むか》える。


……残念ながら、順調だったのはここまでだった。

●

週明け。夏休みは終わった。

全校集会を終えて教室に戻《もど》ってきた生徒たちは、休みボケが抜《ぬ》けていないのか、どこか腑抜《ふぬ》けた顔をしている。その中で一番疲《つか》れた顔をしているのは、他ならぬ俺だった。

「先生、めっちゃ疲《つか》れてない？」

「……わかるか？」

答えながら、地獄《じごく》の三日間を振《ふ》り返《かえ》る。

夏休みが終わる最後の週末だから、暮井《くれい》さんに動きがあってもおかしくない——そう思って金曜日の夜から暮井《くれい》さんのアパートに張り付いてみたけど、見事に空振《からぶ》りだった。

金曜日はまだいい。暮井《くれい》さんの部屋の明かりは、いつもと同じ時間にあっさり消えた。そのまま出てくることもなかったから、俺も自宅に戻《もど》れた。仕事が終わったあと、ろくに食事もせずに張り込んだから、多少の疲労感《ひろうかん》はあった。それでも、まだ元気だったんだ。きつかったのは、土曜日の朝からだ。暮井《くれい》さんが始発でどこかに出掛《でか》ける可能性がゼロじゃなかったから、始発が動く前にタクシーを呼んで例の公園に移動した。そこから、アパート前の喫茶店《きつさてん》が開くまでの数時間、暇《ひま》つぶしのために買ったラジオを聞きながら過ごした。不審者《ふしんしゃ》として声を掛《か》けられるまでは積極的に張り込もうと決めたけど、まぁ、きつい。

喫茶店《きつさてん》が開いたあとは、窓際《まどぎわ》の席に案内してもらい、大学入試の赤本を広げる。何か尋《たず》ねられたら、「家では勉強できない浪人生《ろうにんせい》」という設定で乗り切るつもりだった。時折、問題を解いているふりをするけど、暮井《くれい》さんが出掛《でか》ける瞬間《しゅんかん》を見逃《みのが》せないから、基本的には窓の外を注視する。

身も蓋《ふた》もない話だけど、めちゃくちゃ退屈《たいくつ》だった。時間が経《た》つのがものすごく遅《おそ》く感じたし、忍耐力《にんたいりょく》も集中力もいる。

座って見張るのも大変だけど、暮井《くれい》さんが出掛《でか》ける姿が見えてからも大変だった。

机に広げた問題集とノートを手早く片付けて、喫茶店《きつさてん》のマスターにお金を払《はら》い、店を脱出《だつしゅつ》。暮井《くれい》さんを見失わないようについていった先が、コンビニやスーパーだったりすると、疲《つか》れが急に噴《ふ》き出《だ》す。

……で、暮井《くれい》さんが家に戻《もど》ったら、また喫茶店《きつさてん》に戻《もど》るわけだ。もちろん、マスターには怪訝《けげん》な顔をされた。

「休憩《きゆうけい》してきたっす」と言うと、苦笑いされた。店にいる時間は長いが、軽食やコーヒーを何度かおかわりしているから、追い出されることはない。

喫茶店《きつさてん》の閉店時間は夜の九時。暮井《くれい》さんの部屋の電気が消えたのは、いつもの時間だった。

日曜日も似たような流れだった。（土曜日の夜、あまりに疲《つか》れて近くのビジネスホテルに急遽《きゆうきよ》泊まることにした以外は……）

次の日は学校があるから、暮井《くれい》さんが動く可能性は低い。午後九時に退散した。

……というか、身も心も限界だったので、逃《に》げ帰《かえ》ったと言った方が正しい。

月曜日の朝に疲《つか》れが取れている要素は皆無《かいむ》だ。

「いったいどんな激しい遊びしてんすかー。夏休み終わるからってがんばりすぎでしょー」

普段《ふだん》からふざけることの多い男子が言うと、教室から笑いが起こる。

その中で、桐原《きりはら》だけが笑っていなかった。

無表情に見えるけど、心配しているのだろうか。それとも、呆《あき》れているのだろうか。

「ま、ちょっとずつ慣らしていくよ」

疲《つか》れは取れていないが、仕事は仕事だ。ホームルームをある程度仕切《しき》って、生徒たちを解散させる。今日は始業式とホームルームだけだから、早めに切り上げて休もう……。

「ん？」

教室から職員室へ戻《もど》る途中《とちゅう》、スマホの着信を感じて画面を確認《かくにん》する。桐原《きりはら》からメッセージが届いていた。

『顔色マジで悪かったけど、本当に大丈夫《だいじょうぶ》なの？』

廊下《ろうか》で立ち止まり、周囲を確認《かくにん》してから返事をする。

『きつかったけど、今日は早く寝《ね》るから』

『そう。きついきついとは言ってたけど、相当やばかったんだね』

桐原《きりはら》とは土日の張り込み中、けっこう長い間メッセージのやり取りをしていた。あの会話がなかったら時間はもっと長く感じていただろうし、精神的にも参っていただろう。

『尾行《びこう》、まだ続けるの？』

『もちろん』

『……そ。身体壊《からだこわ》さないようにね』

土日の間もそうだったけど、心配してきたかと思えば、妙《みょう》にそっけないときもある。会話の途中《とちゅう》で返信が急に遅《おそ》くなったり——以前のべたべた具合を考えると、よくわからない変化だ。

でも、気にかけてくれるのは素直《すなお》にありがたい。

少し気分が明るくなっているのを実感していた。

「羽島《はしま》先生？　こんなところでどうしたの？」

「ちょうど戻《もど》るところですよ」

偶然《ぐうぜん》、出くわした暮井《くれい》さんと職員室へ戻《もど》る。

……週末の予定に軽く探《さぐ》りを入れつつ、戻《もど》っていく。

●

残念ながら、暮井《くれい》さんから新しい情報を得ることなく、二学期最初の一週間は過ぎていった。

そして、金曜日の夜。俺はまた、暮井《くれい》さんに帰宅時間から張り付く。でも、相変わらず電気は午後十時半ごろに消えた。

本来なら自宅へ帰るべき時間なんだけど、疲《つか》れが取れていなかったから、近くのホテルへ寄ってみた。部屋が開いていたので、そのままチェックインする。

シャワーを浴び終わり、ベッドに入った瞬間《しゅんかん》、意識は途《と》切《ぎ》れた。

結果、完璧《かんぺき》に朝寝《あさね》坊《ぼう》した。

午前八時ごろに目が覚めて、慌《あわ》ててホテルを出発。暮井《くれい》さんの自宅を目指す。

運がいいことに、暮井《くれい》さんはどこにも出掛《でか》けていなかった。大急ぎで現地に到着《とうちゃく》すると、ベランダに洗濯《せんたく》物を出す姿が見えた。早朝に出掛《でか》けられていたら、ここ一週間の苦労が無駄《むだ》になっていたかもしれない。

その後は喫茶店《きっさてん》が開くのを待って、張り込みに移る。

ここでも問題が発生した。

とにかく眠《ねむ》い。眠《ねむ》すぎる。

授業がもう本格的に始まったのもあって、疲《つか》れはピークだ。昨日の夜——金曜日からずっと、ヘロヘロだった。

今日は、昨日よりもひどい。泥《どろ》のような眠気《ねむけ》が頭に張り付いて、まったく剝《は》がれない。寝《ね》る以外に改善の方法はなさそうだった。

ひとのいいマスターが、心配して声を掛《か》けてくるくらいだ。

気を紛《まぎ》らわせようと思って、桐原《きりはら》や元カノにメッセージを飛ばしてみるが、どちらからも返信がない。そもそも、元カノの方は『相談がある』という話をこっちが断ってから、珍《めずら》しく一切《いっさい》の連絡《れんらく》がない。長年続いた、メッセージだけをやり取りする奇妙《きみょう》な関係も、ついに終わりが来たのだろうか？　よりにもよって、このタイミングで終わらなくていいのに。

状況《じょうきょう》は最悪だが、それでも、寝落《ねお》ちするわけにはいかない。

今ここで眠《ねむ》ってしまったら、俺はなんのために——。

……と、眠気《ねむけ》を必死にこらえていたところで、スマホが小さく震《ふる》える。

桐原《きりはら》からのメッセージだった。

『今日も張り付いてるの？』

助かった！　とメッセージを打ち込む。

『すまん、忙《いそが》しいかもしれないけど、俺が寝《ね》ないようにチャットを送り続けてほしい』

『え。そんなに眠《ねむ》たいの？』

『今日はヤバイ。五秒で寝《ね》そう』

『やばいじゃん。今どこよ？』

『暮井《くれい》さんの家が見える喫茶店《きつさてん》』

『今日はやめたら？　身体壊《からだこわ》したら元も子もないよ』

『大丈夫《だいじょうぶ》。眠《ねむ》いだけだから』

やり取りしている間も窓の外のチェックは怠《おこた》らない。これはこれで忙《いそが》しいけど、眠気《ねむけ》に抗《あらが》うだけよりはるかにマシだ。

『先生も強情《ごうじょう》だなぁ』

呆《あき》れた雰囲気《ふんいき》を見せつつも、桐原《きりはら》はチャットに付き合ってくれた。

机に広げたダミーの問題集にはまったく手を付けず、眠気覚《ねむけざ》ましのコーヒーをすすりながら、桐原《きりはら》と連絡《れんらく》を取り続ける。暮井《くれい》さんの動きはない。

……二時間ほどはそれで乗り切ったんだけど、昼食のサンドイッチを胃袋《いぶくろ》に放り込むと、また眠気《ねむけ》が蘇《よみがえ》ってきた。

どこからやってくるんだと文句を言いたくなるくらい、最大級のヤツだ。これが少年漫画《まんが》のラスボスだったら、主人公は戦う前から絶望している。

『おーい、起きてる？』

桐原《きりはら》からメッセージが飛んでくるまでの数秒間すら危《あや》うい。

いよいよ限界か……と思ったとき、とんとん、と肩《かた》を叩《たた》かれた。

びくっ！　となりながら顔を向けると、知っている人物が立っていた。

桐原《きりはら》だった。バッチリと化粧《けしょう》をして、栗色《くりいろ》のウィッグを被《かぶ》った、ギャルバージョンの桐原《きりはら》が。

えっ、と思わず声を上げると、桐原《きりはら》は「しーっ」と唇《くちびる》に人差し指を立てた。

席に座ったあと、スマホにメッセージを打ち込む。

『喫茶店《きっさてん》で大声はダメでしょ。あんまりお客さん入ってないけどさ』

桐原《きりはら》はマスターに紅茶を頼《たの》んで、窓の外をちらちら見ながら、またメッセージを送ってくる。

『目の前のアパートが暮井《くれい》先生の家？　二階の一番奥だっけ？』

『そうだけど、なんで知ってるんだ？』

『さっきチャットで聞いたじゃん。喫茶店《きっさてん》の場所も。寝《ね》ぼけてた？』

そういえば、答えたような気もする。

『二階から降りてくる階段も、建物の外についてるひとつだけかぁー。なるほどね、これは確かに張り込みしやすいね』

桐原《きりはら》は俺の返信を待たずに、どんどんメッセージを打ち込んでくる。

『ちょっと休みなよ。代わりに見ておくから。暮井《くれい》先生が奥のドアから出てきたら、起こせばいいんでしょ？』

桐原《きりはら》は窓の外を見たまま、俺の返事を待つ。

情けない気持ちもあるが、めちゃくちゃ魅力的《みりょくてき》な提案だ。

桐原《きりはら》がこの場にいなかったら断っていたけど、もう、この場に来てしまっている。断るのは逆に悪い。

『少しだけ寝《ね》る』

『そうして』

『ありがとう』

『別に、なんにも』

身体《からだ》を背もたれに預けて、少し目を閉じる。意識が飛ぶまで、一瞬《いっしゅん》だった。


――感覚的には、十分ほど目を閉じただけ。

そう思っていたのに、目覚めて時計を見ると二時間くらい経過していた。完全な寝落《ねお》ちだ。

『おはよう』

目を擦《こす》っていると、桐原《きりはら》からメッセージが飛んでくる。

『ごめん、寝過《ねす》ごした』

『寝過《ねす》ごしたわけじゃないでしょ。先生はほんっとーに真面目だなぁ』

すぐにマスターを呼んで、追加でドリンクを注文する。席を何時間も埋《う》めてしまったことを謝ると、気にしていないと言われた。

「事情はわからないけど、勉強のしすぎもよくないよ。お大事に」だそうだ。

マスターの人柄《ひとがら》を考えると、この店はもっと流行《はや》った方がいい。……ネットで高評価でもつけておくか。

『気持ちよく寝《ね》てたよ。いびきもなかったから、起こさずに済んだ。少しすっきりした？』

『だいぶ回復した。暮井《くれい》さんは？』

『全然動く気配なしだよ』

マスターがコーヒーと紅茶を持ってくる。

二人分なのは、俺が桐原《きりはら》の分も注文したからだ。

『気を遣《つか》わなくてよかったのに』

『そういうわけにはいかないだろ』

『本当に真面目だよねぇ。いただきます』

隣《とな》り合《あ》って、静かにお茶を飲む。少し間を置いて、桐原《きりはら》がまたメッセージを飛ばしてくる。

『私たち、何してるんだろーね』

『それは言わない約束だ』

成果が出ない限り、全部無駄《むだ》に終わる。

でも、張り込むなら、きつくても続けないと意味がない。暮井《くれい》さん本人から予定を聞き出せない以上、穴をあけてしまったら張る意味が消《き》え失《う》せる。

『せめて、タイミングがわかればいいのにね。もしくは、すっごく運がいいとか。たまたま、銀《ぎん》が来た瞬間《しゅんかん》に暮井《くれい》先生が出掛《でか》けるところだったー、とかね』

確かに、と返したあと、メッセージは一度途切《とぎ》れた。

……その後、桐原《きりはら》はスマホを手に取って、何かを打ち込んで、またスマホを置くのを繰《く》り返《かえ》した。

何かを送ろうとして、思いとどまっているような手つきだった。

それを数回やってから、やっぱり送ってきた。

『……あのさ、もうやめにしない？』

メッセージを確認《かくにん》したあと、桐原《きりはら》に目を向ける。すごく元気のない顔をしていた。

『実際、二時間ちょいやってみてさ、きついのわかったよ。ただ待ってるだけなんてさ……色々もったいないよ。こんなこと続けてたら、体力持たない』

少し考えながら、メッセージを続けてくる。

『新人教師の給料なんて、たかが知れてるんでしょう？　毎週ホテルになんか泊《と》まってたら、大変なんじゃないの？　たったひと月でもさ……他のことにいくらでもお金使えるじゃん』

桐原《きりはら》の言うことは、もっともだ。

でも、俺に考えを変えるつもりはない。

『心配させてごめん。でも、俺はやめない。期限までの二週間は続ける』

画面を見つめる桐原《きりはら》の目が、少し潤《うる》んだ。……気がする。

ぽちぽちぽち、とゆっくりスマホの画面を指で押している。

『なんでそこまでするの？』

返事を考える。

……次の瞬間《しゅんかん》、考えていたことは全部吹《ふ》っ飛《と》んだ。

『窓の外、見ておいてくれ』

一息で桐原《きりはら》にメッセージを送り、机に出していた荷物を手早く片付け、マスターにお会計を頼《たの》む。桐原《きりはら》の分も払《はら》った。

急ぎ足で店を出ると、すぐに桐原《きりはら》も追いついてきた。

「何？　どうしたの？」

「暮井《くれい》さんだ」

「え？」

「さっき、窓の外を赤い服を着た女性が通り過ぎたはずだ」

「えっ？　あれ暮井《くれい》先生？　……マジ？」

「どっちへ行ったっ⁉」

「駅の方だけど——あっ！」

桐原《きりはら》を置いて小走りで移動する。

——いたっ！

追《お》い掛《か》けると、前の方に暮井《くれい》さんの背中が見えた。

肩《かた》にフリルのついた赤いドレスシャツに黒いロングスカート。それとハイヒールのサンダル。

「あれ、本当に暮井《くれい》先生なの？」

「確かだ。二階の一番奥から出てきた」

最近では一番着飾《きかざ》った状態だ。

「桐原《きりはら》、尾行《びこう》は俺がする。お前は……」

「いや、私も行くよ。……カップルの方が怪《あや》しまれないお店もあるんじゃない？」

一理ある。

頷《うなず》いて、桐原《きりはら》と共に尾行《びこう》に集中する。

駅前に着いた暮井《くれい》さんは、そのまま美容院へ入る。

俺たちは正面のコンビニのフードスペースに陣取《じんど》り、暮井《くれい》さんの様子を観察する。

「……楽しそうに美容師さんと話してるね」

「どう思う？　ただ、髪《かみ》を切りにきただけか？」

「それだけのためにあんなオシャレする？　……デート前に髪《かみ》、綺麗《きれい》にしてる可能性の方が高くない？」

嫌《いや》でも期待は高まる。

「……まぁ、ただ彼氏《かれし》と会うだけで、弱みにはならないかもしれないけどさ」

あまり期待しすぎるな、と言いたげな桐原《きりはら》の言葉だった。

……暮井《くれい》さんは髪《かみ》のセットにたっぷり二時間ほどかけて店から出てきた。

そのまま、駅の方へ流れていく。

尾行《びこう》しているから顔は見えないが、何度か時間を確認《かくにん》したのはわかった。

誰《だれ》かと待ち合わせだろう。

肝心《かんじん》の相手は、誰《だれ》だ？

「……時計の下で待ち合わせ、かな？」

駅前に小さな時計塔《とう》のオブジェがある。

暮井《くれい》さんの他にも、待ち合わせをしているひとが数人いる。

遠くから、相手が来るのをじっと待つ。

そして、来た。

暮井《くれい》さんは相手を見つけると嬉《うれ》しそうに手を振《ふ》って、相手が近くに来ると、丁寧《ていねい》に頭を下げた。相手は、紳士《しんし》ものの洒落《しゃれ》た帽子《ぼうし》を被《かぶ》っている。俺たちが立っている場所からだと顔は見えないが——後《うし》ろ髪《がみ》には白髪《しらが》が交じっている。

「ずいぶん年上だよね？　彼氏《かれし》って雰囲気《ふんいき》じゃないけど——」

「……でも、暮井《くれい》さんは嬉《うれ》しそうだ」

父親でもなさそうだ。親しそうに、暮井《くれい》さんの方から腕《うで》を組んでいる。

そのまま二人はどこかへ歩いていく。

当然、俺たちも追う。

「ひょっとして、ひょっとする？」

「……だといいけどな」

近すぎず、遠すぎず——距離《きょり》を保ちながら、あとを尾《つ》けていく。

数時間後。俺たちは桐原《きりはら》の自宅に戻《もど》っていた。

尾行《びこう》と張り込みで疲《つか》れてはいるが、高揚感《こうようかん》の方が勝っている。

リビングで映像をチェックしていた。ゲームに使っているモニターにデジカメを繋《つな》いで、大画面で確認《かくにん》する。男性とにこやかにレストランで食事をしている暮井《くれい》さんが映っていた。

スマホで撮《と》ったものではなく、桐原《きりはら》が持ってきたデジカメで撮影《さつえい》したものだ。（……なんで

準備してないのよ、と怒《おこ》られてしまった）

暮井《くれい》さんたちの声は入っていない。近くの席が空いていなかったから、少し遠めからの撮影《さつえい》になった。

でも、楽しそうに食事をする二人の様子はしっかり映っている。

「このおじさんさ、薬指に指輪してるんだよね。結婚《けっこん》してるひとだよ」

映っているのは、食事をしている場面だけではない。

現金らしきものが入っている封筒《ふうとう》を暮井《くれい》さんが受け取っている場面も、余裕《よゆう》で確認《かくにん》できる。

暮井《くれい》さんは驚《おどろ》き、受け取れない、とはっきり唇《くちびる》を動かした。

しかし、男性が説得するように何か伝えると、頭を何度も下げて、静かに鞄《かばん》へ入れた。

「不倫《ふりん》か、パパ活か――どっちにしろ、慌《あわ》ててもらえそうな場面だよね。……でも、本当にいいの？」

桐原《きりはら》が緊張《きんちょう》した顔で俺に尋《たず》ねてくる。

「暮井《くれい》先生にはお世話になってるんでしょ。これを出したら、絶対に今まで通りにはならない。嫌《きら》われるよ。……本当に、いいの？」

尾行《びこう》の目的を達成した土曜日から、二日後。

久しぶりに、ゆったりとした日曜日を過ごして月曜日を迎《むか》えた。俺は「桐原《きりはら》から相談を受けた」と暮井《くれい》さんに話して、放課後の生徒会室に来てもらった。

暮井《くれい》さんは何も疑うことなく、ソファに座っている。

「頼《たよ》ってくれて嬉《うれ》しいわ。それで、相談って何？」

俺は暮井《くれい》さんの対面に座っている。隣《となり》の桐原《きりはら》に目配せをしてから、茶封筒《ちゃぶうとう》の中に大事に入れていたクリアファイルを取り出す。

挟《はさ》んであるのは写真だ。

デジカメに入っている動画を静止画にファイル変換《へんかん》して、コンビニのプリンターで印刷した。

それなりに解像度の高い写真だ。

「…………」

昨日、桐原《きりはら》に言われたことを思い返す。

これを見せれば、暮井《くれい》さんと俺の関係は崩壊《ほうかい》する。

慕《した》うべき良き先輩《せんぱい》に、恩を仇《あだ》で返すことになる。

もっとうまい方法があるのかもしれない。だけど、桐原《きりはら》を守るための確実な方法はこれ以外にない。

誰《だれ》にも嫌《きら》われることのない人生は俺にとって理想だった。

けれど、最近は少し変わった。

何かを選ぶことは、何かを捨てることだ。新卒で入った会社を辞《や》めたときもそうだった。

──最初は、誰《だれ》かに嫌《きら》われるのを怖《こわ》がる典型的な青二才だと思ったのに。

──あなた、今みたいにしている方がずっと魅力的《みりょくてき》よ。

この場面で背中を押してくるのが桐原美夜子《きりはらみよこ》の言葉なのはとても不愉快《ふゆかい》だけど、あの言葉には妙《みょう》な説得力がある。

「羽島《はしま》先生？」

俺の硬直《こうちょく》に、暮井《くれい》さんは戸惑《とまど》っていた。

その彼女に向けて、写真を机の上に広げる。

変化は劇的だった。暮井《くれい》さんは目を見開き、凍《こお》り付《つ》く。

「……こ、れ」

「先日の、土曜日の写真です。動画もあります。レストランで食事をしたあと、男性と別れて、あなたが自宅まで帰るところまで、ずっと撮《と》りました」

「尾《つ》けていたのっ⁉」

信じられない、という表情を向けられ、心が痛む。

緊張《きんちょう》で乾《かわ》いた唇《くちびる》を舌で湿《しめ》らせて、続ける。

「男性から、あなたがお金らしきモノを受け取るところも撮《と》りました」

瞬間《しゅんかん》、暮井《くれい》さんの表情は一変した。

浮《う》かび上《あ》がったのは明確な憎悪《ぞうお》だった。今まで見たことのない、敵意に満ちた表情。

「この男性とあなたが、どういった関係なのかはわかりません。でも、変装めいたことをして会う関係だとしたら、世間には大っぴらにできない――」

「そんなのじゃないっ!!」

暮井《くれい》さんは身を乗り出し、机を両手で叩《たた》いて反論してきた。

「ふざけないで！　何も知らないくせにっ！　あのひとは……あのひとは！」

色々な想定をしてきたけど、この勢いは想定外だった。

黙《だま》って、荒《あら》い呼吸を繰《く》り返《かえ》す暮井《くれい》さんが落ち着くのを待つ。

「……でも、暮井《くれい》先生。これを見たら、多くのひとが誤解するよ」

キッ！　と怒《いか》りの視線が桐原《きりはら》に向く。

「不倫《ふりん》か、パパ活か。みんな、そういう連想をするよ」

「お、おい、桐原《きりはら》」

明《あ》け透《す》けな物言いを咎《とが》めるつもりで声を掛《か》けたが、桐原《きりはら》は「ダメだよ」と俺を制した。

「今の反応でわかったんだ、銀《ぎん》。暮井《くれい》先生にとって、この男のひとはとても大事な存在なんだよ。私たちの思うような関係ではないんだと思う。だけど、暮井《くれい》先生は応じてくれるよ。私たち二人の関係と一緒《いっしょ》なんだよ。暮井《くれい》先生は、このひとに迷惑《めいわく》が掛《か》かるようなことを絶対に避《さ》けたいんだ。たとえ、すぐに誤解だとわかるようなことでも、こんなバカげた騒《さわ》ぎに巻き込みたくないはずだよ」

「……なんでそう思う？」

「女の勘《かん》」

まったく科学的根拠《こんきょ》のない要因をあげられて内心、脱力《だつりょく》した。

しかし、暮井《くれい》さんは怒《いか》りを削《そ》がれたようだ。

困った顔になって、深くため息をついた。

「……バカバカしいけど、全部アタリよ。ぜんぶ、ぜーんぶ、あなたたちの誤解。別に写真をばらまかれたとしても、私とあのひとは決定的なものを何も失わない。……ちゃんと説明できればね」

これに対して、桐原《きりはら》が反論する。

「でも、全部のひとに説明するなんて無理ですよ。学校でもやってますよね、炎上《えんじょう》リスクの話。一度燃えたら、大多数のひとにとって、その後の釈明《しゃくめい》なんてどうでもいいんですよ。完全に消火するなんて不可能です」

「わかってるわよ。だから言ったでしょう、バカバカしいけど、全部アタリだって」

うんざりだ、と言いたげに暮井《くれい》さんが何度も首を左右に振《ふ》る。

その後、すごく悲しそうな顔をして呟《つぶや》いた。

「バカげた話だけど、私にもあのひとにも、ダメージがまったくないわけじゃない。……こんなことにあのひとを巻き込むなんて、絶対にごめんだわ」

時折、俺に対して見せていた強気な表情が暮井《くれい》さんに戻《もど》ってくる。

理性的な視線を、俺と桐原《きりはら》に向けてくる。

「それで、あなたたちはどうしたいの？　仕返しに、私と一緒《いっしょ》に破滅《はめつ》したいわけ？」

「いえ、違《ちが》います」と俺は即答《そくとう》した。

「尾《び》行《こう》なんかしておいて言うのもあれなんですけど――別に、暮井《くれい》先生の人生をめちゃくちゃにしたいわけじゃないです。この男性との関係も、興味ありません。ただ、俺と桐原《きりはら》のことを黙《だま》っておいてほしいだけです」

「それのために、こんなものを用意したっていうの？」

「俺たちにとっては必要でした。……核抑止《かくよくし》論です」

巨大《きょだい》戦力を持つ大国に負けないために、別の国が核爆弾《かくばくだん》を持つ。

正面からぶつかれば前者が必ず勝つが、核《かく》による報復を恐《おそ》れて、戦争は起こらない。

「もしも俺たちの秘密を漏《も》らしたら、俺たちもこの秘密を漏《も》らします。暮井《くれい》先生には、俺たちの共犯者になってもらいたいんです」

現代社会において、「このひとだけは自分を裏切らない」と信じられる相手というのは、きっと、こういう関係だ。

互《たが》いの後ろ暗い部分を知っていて、互《たが》いを守り合う相手。

俺と桐原《きりはら》の関係に、このひとを巻き込む。それが俺の作戦だった。

「なるほどね。秘密の共有をする間柄《あいだがら》になるわけか」

暮井《くれい》さんは頷《うなず》く。

「いいわよ別に。正直なところ、私はあなたたちが望んでそうなってるなら、邪魔《じゃま》するつもり、全然ないし」

拍子《ひょうし》抜《ぬ》けするほど、交渉《こうしょう》はあっさりまとまった。

「ただ、巻き込まれるのはごめんよ。私以外のルートからバレて破滅《はめつ》するとき、八つ当たりしないでね。あと、やばくなったとき、私はもうあなたたちを庇《かば》わないから」

「構いません。暮井《くれい》先生がそうなったときも、俺たちは関与《かんよ》しません」

「決まりね。基本的には、それぞれ自分の身を守りましょう。……話、終わりかしら？」

「……はい」

机に広げた写真をクリアファイルと茶封筒《ちゃぶうとう》に戻《もど》す。

「先に職員室へ戻《もど》るわね。……わかってると思うけど、あまり校内でイチャつくんじゃないわよ。最低限の節度は持ちなさい」

　ピシャリと言い放って、暮井《くれい》さんは生徒会室から出て行った。

「……お疲《つか》れ様《さま》」

「……あぁ」

　生徒会室に残りはしたものの、俺と桐原《きりはら》に余力は残っていない。余韻《よいん》もない。

　ソファに背中を沈《しず》ませたまま、二人とも無言で、脱力《だつりょく》していた。

6. 信じたいもの：恋《こい》

暮井《くれい》さんを共犯者に巻き込んだことにより、危機は去った。

その瞬間《しゅんかん》から、俺と桐原《きりはら》の関係もすぐ元通りに——とは残念ながら、ならない。

俺には仕事が、桐原《きりはら》には新学期に伴《ともな》い、勉強や生徒会の仕事があった。

クラスのホームルームでも、話し合うことは色々ある。今は秋の文化祭で「メイド喫茶《きっさ》を最高に盛り上げるにはどうするか」が話し合われていて、また女子と男子が言い争っている。

最終的には桐原《きりはら》がいるし、という安心感があるせいか、みんな思い思い、好き勝手に希望を叩《たた》きつけ合っている。

俺は見守る姿勢を心掛《こころが》けているけど、「今のは言い過ぎだ」と感じたときは伝えるようになったし、クラスに提案するようにもなった。

ウザがられても嫌われても、そのときはそのときだ。教師と生徒の関係でも人間同士なんだから、相性《あいしょう》はある。……けど、教師である限り、言うべきときは言わないとダメだ。

そう思うようになっていた。

「……チャイムか。日直！」

「起立、礼っ」

ホームルームが終わったあと、片付けをしているとスマホが震《ふる》えた。

桐原《きりはら》からのメッセージだった。

『新学期になってから先生が変わったよねってみんな言ってるよ。女子の評価もプチアップ。よかったね。おめでとう』

教えてくれるのはありがたいけど、どこかトゲも感じられる文面だった。まだ教室にいる本人に視線を向けると、ぷいっとすぐに逸《そ》らされてしまい、ため息が出た。

暮井《くれい》さんと話し合って以降、桐原《きりはら》はずっとこの調子だった。

メッセージのやり取りと帰宅後のゲームは続けているけど、桐原《きりはら》の方が俺にそっけない。

理由を尋《たず》ねると『色々思うところがあるの』と言うだけで、教えてもらえなかった。

暮井《くれい》さんに釘《くぎ》を刺《さ》された影響《えいきょう》なのだろうか。

それとも、またバレるのが怖《こわ》い？

……その心は今のところ、桐原《きりはら》のみが知る……だ。

桐原《きりはら》のことはさておき、授業とホームルームを終えると、職員室で事務仕事の時間が始まる。

暮井《くれい》さんと俺は、変わらず席が隣《となり》同士だ。

そして驚《おどろ》くべきことに、あの日からも暮井《くれい》さんの態度に変化はない。

「羽島《はしま》先生、授業の進め方について相談なんだけど、いいかしら？」

以前と同じように俺を指導して、俺に提案して、俺と議論をする。俺をひとりの教員として、丁寧《ていねい》に扱《あつか》ってくれている。

俺としては、不気味な状況《じょうきょう》だ。当てつけなのか……？

他の先生たちが部活で出払《ではら》ったあと、暮井《くれい》さんに訊《き》いてみた。

「俺のこと、怒《おこ》ってないんですか？」

「え。怒《おこ》ってないけど？」

きょとん、とする俺に暮井《くれい》さんは説明してくれた。

「尾行《びこう》されたのは腹が立ったけど、それ以外は何も。前に言ったでしょ。生徒たちは子供だけど、人間よ。異性として惹《ひ》かれたり、惹《ひ》かれ合うことも否定しないわ。そもそも、私の見当違《けんとうちが》いだったのよ」

「見当違《けんとうちが》い、というと？」

「羽島《はしま》先生がそこまで覚悟《かくご》を持っているとは思わなかったの。生徒に言い寄られて、ちょっとイイ気分になったのかなって浅く見てた」

歯に衣着《きぬ》せぬ物言いだったけど、悪い感情は起こらない。

「結局、私は余計なことをしたのよ。ひとの心は、ままならないものだから。いけないことだと知っていてもやめられない。好きになっちゃいけないひとを好きになる……そういうのは、わかっているつもりよ」

……暮井《くれい》さんにも、色々事情があるんだろうな。

「恨《うら》み言《ごと》を言わせてもらえるなら、あんな方法を選ばなくても、普通《ふつう》に相談してくれればよかったのにな～～～～～……くらい？」

「……それは、すみません」

暮井《くれい》さんの善性だけに賭《か》けるのは、やっぱり怖《こわ》かったから。……でも、間違《まちが》っていたかもしれないな。

「いいけどね。それだけあの子のこと、大事なんでしょう？」

意地悪く笑ったあと、暮井《くれい》さんはまとめてくれた。

「まぁ、悪くないんじゃない？　何事もなければ、あなたたちの問題は時間が解決してくれるわ。……少し、うらやましい」

桐原《きりはら》の年齢《ねんれい》のことを言っているんだろう。

桐原《きりはら》が卒業するまであと一年半。それを過ぎれば――何も問題はなくなる。

あくまで世間的には、だけど。

●

それから、数日後。金曜日の放課後だ。

残っていた全ての仕事を終えて、帰《かえ》り支度《じたく》を始める。

「今日は上がり？」と暮井《くれい》さん。

「はい。暮井《くれい》先生は残業ですか？」

「帰ってもやることないからね。あなたの方は？」

「ちょっと用事が」

「そう。……ごゆっくり。ふふふ」

なんだか意味深に微笑《ほほえ》みかけられてしまう。

……もしかしたら、俺は厄介《やっかい》なひとを共犯者に巻き込んだかもしれない。これ以上何も言われないうちに、と職員室を急いで出る。

自宅に寄って素早《すばや》く変装を済ませたあと、駅へ向かった。

危機を排除《はいじょ》してから、初めて迎《むか》える土日だ。……桐原《きりはら》とのんびり過ごす約束をしている。

電車に揺《ゆ》られながらメッセージを送った。

『今、そっちに向かっているよ。夕飯の買い物が終わったら行く。もう食べたか？』

『まだ。……作ってくれるなら、待ってる』

俺が桐原《きりはら》に料理を作るのも久しぶりだ。好物を揃《そろ》えてやろう。

『あのね、銀《ぎん》。ひとつだけ教えてほしいんだ』

改まって、なんだろう？

『張り込みの途中《とちゅう》、私が喫茶店《きっさてん》で、こんなこともうやめよう、って言ったの覚えてる？』

『覚えてるよ』

『じゃあ、なんでそこまでするの？　って質問したことは？』

当然、覚えてる。返事を送ると、桐原《きりはら》は少し時間を掛《か》けてから、こう送ってきた。

『あのときは、暮井《くれい》先生が出掛《でか》けちゃったから答えを聞けなかった。あとで直接聞かせてほしいの。……待ってるから』


およそ一時間後、買い物を済ませて桐原《きりはら》の自宅に着いた。

連絡《れんらく》すると、玄関《げんかん》は静かに開いた。

「……いらっしゃい」

おかえり、に変わっていた挨拶《あいさつ》は元に戻《もど》ってしまっていた。

さらに、桐原《きりはら》は怖《こわ》がっているようにも見える。

「どうしたんだ？」

「……なんでもない」

とてもそうは見えないが……とりあえず、部屋に入って買ってきた荷物を置く。

「お腹《なか》空いただろ。すぐ作るから」

「その前に教えてよ。……さっきの答え」

自分の家なのに、桐原《きりはら》は借りてきた猫《ねこ》のようにしおらしい。二《に》の腕《うで》をぎゅうっと摑《つか》んで、俺に尋《たず》ねてくる。

「お願い。教えて」

——あぁ、そうか。

桐原《きりはら》は待っているんだ。俺が答えないと、安心して先に進めないんだ。

「桐原《きりはら》をひとりにしたくなかった。放っておきたくなかったんだ」

「私に、同情してたの？」

「違《ちが》う」

桐原《きりはら》は、俺がちゃんと言うのを待っている。

「好きなんだ。桐原灯佳《きりはらとうか》のことが」

桐原《きりはら》の顔が、くしゃりと歪《ゆが》む。

「尾行《びこう》や張り込みがきつくても、やめたいとは思わなかった。好きな子の、ためだから」

答えを聞いた桐原《きりはら》は俺に全力で飛び込んできた。

受け止めると、俺の胸に額を押し当ててくる。服を摑《つか》んで、大声で泣き始めた。

「もうっ、どこにも、行かない？」

「あぁ」

「暮井《くれい》せんせいも、だいじょうぶっ？」

「大丈夫《だいじょうぶ》だ」

「わたしの、せいで、イジめられたりしない？」

「あのひと、よくデキたひとだよ。まだ俺に優《やさ》しくしてくれるんだ」

それを聞くと、桐原《きりはら》は再び泣《な》き叫《さけ》んだ。ぽんぽん、と背中を叩《たた》く。

「全部元通りだ。……よかったな」

何も、間違《まちが》ってなかった。

わあわあ泣き続ける桐原《きりはら》をあやしながら、それを強く思う。


ある程度泣《な》き止《や》んでくれたところで、夕飯の準備に取《と》り掛《か》かった。

家庭料理に飢《う》えている桐原《きりはら》に、卵焼きとピーマンの肉詰《にくづ》め、野菜がたっぷり入った味噌汁《みそしる》を振《ふ》る舞《ま》う。目元を腫《は》らした桐原《きりはら》は、黙々《もくもく》と用意されたものを平らげていく。

「この一週間、やけにそっけなかったのに……爆発《ばくはつ》した感じか？」

「ちがーうの。バレてからも尾行《びこう》することになったあとも、暮井《くれい》先生と話がついたあとも本当は銀《ぎん》と一緒《いっしょ》にいたかったのっ。でも期待しすぎるとダメだったときつらいから、喜んだりベタベタしないようにしてたのっ！」

「……なんだ。そうだったのか」

色々と合点《がてん》がいった。

「食べ終わったら、ゲームやるか？」

「汗《あせ》かいたから、先にお風呂《ふろ》」

「シャワーじゃなくて、たまには湯船に浸《つ》かったらどうだ？　疲《つか》れ、取れるぞ」

「……一緒《いっしょ》に入る？」

「……ダメだ」

「なんで？」

「今日は二人とも盛り上がっちゃってるだろ。……裸《はだか》見たら、我慢《がまん》できる自信がない」

「今日くらい、いいじゃん」

「よくないっ！　酔《よ》った勢いで一線越《こ》えたの、未《いま》だにへこんでるんだからな！」

「……じゃあ、いい」

この話題が出ると、桐原《きりはら》はわりと大人しくなる。

「……暮井《くれい》さんとも話してたんだけどさ、桐原《きりはら》が卒業するまでたった一年半だ。それが過ぎれば付き合うのは問題なくなる。それまでは、今のままでいよう」

「うん。わかった」

本当に物分かりがいい。

色々起こったせいで、心境の変化があったのかな。

「でも、ひとつだけ……今日だけのわがままをひとつだけ……許してくれない？」

「内容次第《しだい》では許可する」

「一緒《いっしょ》に寝《ね》たいの」

「おいおい……」

「そうじゃなくって！　前、腕枕《うでまくら》してくれたときみたいに……それ以上は、何もしないでいいから」

というわけで、今夜は桐原《きりはら》のベッドで寝《ね》ることになった。

別々に風呂《ふろ》に入ったあと、早々に布団《ふとん》の中へ潜《もぐ》り込んだ。

「ごめんな。あまり遅《おそ》くまでゲームできなくて」

「ううん、いいよ。疲《つか》れてるだろうし」

俺に腕枕《うでまくら》された桐原《きりはら》は何が楽しいのか、俺の身体《からだ》をずっと撫《な》でさすっている。

「……久しぶりに遊びに来たけど、あまり長く起きていられそうにない」

「いいよ。ゆっくり寝《ね》て」

返事をしている間も既《すで》に眠《ねむ》い。目蓋《まぶた》が重かった。

「……おやすみ、銀《ぎん》」

桐原《きりはら》の声は、とても優《やさ》しかった。

誇《ほこ》らしく、満たされた気持ちのまま、眠《ねむ》りに落ちていく。

＊＊＊

ベッドで横になってから数分も経《た》っていないのに、銀《ぎん》は目を閉じて動かなくなってしまった。

「銀《ぎん》？　寝《ね》ちゃった？」

返事はない。

……よほど、疲《つか》れていたのだろう。

銀《ぎん》は眠《ねむ》りが深くなると、口元をむにゃむにゃさせるクセがある。

今日はもう深い眠《ねむ》りに入ってしまったようで、早くもむにゃむにゃさせている。

この仕草は子供みたいで、すごく愛《いと》おしい。

私は腕枕《うでまくら》をされながら、ベッド脇《わき》にある球体に手を伸《の》ばす。スイッチを入れると、部屋の壁《かべ》には星図が投影《とうえい》される。

室内用の小型プラネタリウムだ。そんなに本格的なモノではないけど、私のお気に入り。

……最後に家族旅行で行った場所の、思い出のお土産《みやげ》。

ひとりでぼんやり眺《なが》めるのも癒《いや》されるけど、銀《ぎん》が隣《となり》にいると、効果は百倍増しだ。

「……いつか、本物を見たいよね」

気持ちよさそうに眠《ねむ》る銀《ぎん》の顔を見つめながら、私はひとつの場面を思い返す。

銀《ぎん》の家に初めてお邪魔《じゃま》した日のこと。

私がお酒を飲ませて——銀《ぎん》を、襲《おそ》おうとした日のことを。


「桐原《きりはら》ぁっ。これ酒だろうっ⁉」

「え、そうなの？　ミネラルウォーターだと思ったんだけど間違《まちが》えちゃった？」

あれは、もちろんわざとだった。

あのころ、好きって気持ちが膨《ふく》れ上《あ》がってしょうがなかった。

銀《ぎん》と最後までしたくて嘘《うそ》をついた。身体《からだ》を使ってでも、銀《ぎん》を繋《つな》ぎ止《と》めたい。その気持ちが止まらなかった。

お布団《ふとん》を敷《し》いてあげると、銀《ぎん》は力なく横になった。

あとは添《そ》い寝《ね》して、食べちゃうだけ。

まな板の上の鯉《こい》の方がもう少し抵抗《ていこう》できそうなくらい、銀《ぎん》は完全に無防備だった。

「銀《ぎん》、ごめんね。でもさ、私……もう我慢《がまん》できなくて」

「……何を？」

「わかってるくせに。ふふ」

銀《ぎん》にまたがって、顔を覗《のぞ》き込む。楽しくて楽しくてしょうがなかった。

「……いっぱいしよーね、銀《ぎん》」

でも、銀《ぎん》は——酔《よ》っていても、銀《ぎん》だった。

「……ダメだ、桐原《きりはら》。それは、ダメなんだ」

「どうして？　私のこと、嫌《きら》い？」

「違《ちが》う。……大好きなんだよ、お前のこと」

今度は、私が固まる番だった。

銀《ぎん》からそんなふうにはっきりと言われたの、初めてだったから。

「桐原《きりはら》は……俺にとって恩人なんだ。俺に、たくさん、何度も相談してくれた——」

……？

よくわからない。相談したのは私で、相談に乗ってくれたのは銀《ぎん》だったのに、どうして私が恩人になるのだろう？　逆なのでは？

「俺は……嬉《うれ》しかったんだ……初めて入った会社でボロクソに言われて、自信を失ってた……生きている価値なんてないんじゃないかって悩《なや》んでるときに……桐原《きりはら》だけが、俺にありがとうって、言ってくれたんだ……」

銀《ぎん》が会社を辞《や》めた理由を私は知らない。

そんなふうに思っていてくれたことも、もちろん、知らない——。

「つらくてしょうがなかったけど、お前と遊ぶ時間が、俺の支えだった……桐原《きりはら》は、命の恩人なんだ……大事にしたいんだ」

「十分、大事にされてるよ。だから、私の全部を貰《もら》ってほしい。銀《ぎん》の女になりたい」

「でも、ダメだ……俺は、教師だから……もし、俺とそういう仲だってバレたら……俺なんかと一緒《いっしょ》に落ちたら、お前は人生を後悔《こうかい》するかもしれない……負担になりたくないんだ……」

酔《よ》っ払《ぱら》っているのに、銀《ぎん》の考えには筋が通っている。

普段《ふだん》から思い続けていることだから、普通《ふつう》ではない状態でもすらすら言葉が出てくるんだ。

「俺、ちゃんと大人になれているか、自信がないんだ……お前は、他を知らなくて、俺のことがよく見えているだけかもしれない……だから、ちゃんと、待ちたいんだ。お前が大人になって、多くの大人を見て……それでもまだ、俺のことを好きで、俺のことを選んでくれたらそのときは絶対、誰《だれ》にも渡《わた》さない……それまでは、俺、大人として、お前といたいんだ……」

銀《ぎん》は、潤《うる》んだ瞳《ひとみ》を私に向けてくる。

「一度失敗して、転職することになっちゃったけど——今度こそ、子供からちゃんとした大人になるから——お前の隣《となり》にいても恥《は》ずかしくない、存在に……」

そこまでが銀《ぎん》の限界だった。

目を閉じて、寝息《ねいき》を立て始める。

口元はむにゃむにゃして——朝まで起きそうにない。

私にはもう、銀《ぎん》を襲《おそ》おうなんて気持ちは残ってなかった。すごくドキドキしていた。同時にすごく幸せを感じていた。

さっきのは本当の、本気の言葉だった。このひとは心の底から私を大事にしてくれている。私の将来を考えてくれている。私が思っていたよりも、このひとは、広く、深く、私のことを包み込んでくれている……。

鼻の奥がツンとなる。涙《なみだ》が溢《あふ》れてくるまで、時間は掛《か》からなかった。

少し経《た》って、銀《ぎん》が食べた料理を盛大《せいだい》に吐《は》き戻《もど》したのもいい思い出になるくらい、「生きていてよかった」と思えた瞬間《しゅんかん》だった。

「……あの日、ヤってないよって、早く教えないとね」

私との関係を真剣《しんけん》に考えてくれる様子が嬉《うれ》しくて言えなかったけど、ちゃんと言わないと。

男なんて、どれだけ繕《つくろ》ってもすぐに手を出す存在だと思ってたんだけどな。

「手を出してもらうことが好意の証明だと思ってたけど……そうじゃなかったんだね」

それを教えてくれたのは、あなただよ、銀《ぎん》。

「……ねぇ、銀《ぎん》、想像したことあるかな」

眠《ねむ》っている銀《ぎん》の頬《ほお》を撫《な》でながら、囁《ささや》きかける。

「暮井《くれい》先生にバレて旅行から帰ってくるとき、とても怖《こわ》かったんだよ。家に帰って、ひとりでたくさん泣いたんだ」

もう、別れるしかない。

銀《ぎん》を守るためには嘘《うそ》をつくしかない。

でも、つらい。本当につらい。

だけどそれ以上に怖《こわ》いのは、銀《ぎん》の人生を台無しにしてしまうことだ。

「だから私、がんばってたんだよ」

暮井《くれい》先生が秘密にしてくれることになって安心したけど、帰ってからも、やっぱり泣いた。つらくてつらくて、本当はいけないことってわかってたけど、せめてゲームだけは一緒《いっしょ》にしたいって……未練たらしく、また無理を言っちゃったんだよ。ごめんね。

「忘れよう、忘れなくちゃ。大変だけど忘れないと、って……毎晩、泣きながら、がんばってたよ——」

でも、このひとは戻《もど》ってきてくれた。

私と過ごすために戦ってくれて、今、ここにまた幸せがある。

一度失ったから、わかる。

このひとは私の大切なひとだ。

「大好きだよ、せんせ」

首を少し伸《の》ばして、唇《くちびる》を軽く合わせる。

「……手を出してくれたら、くれたで、嬉《うれ》しいんだけどな」

でも、がまん、がまん……。

あ、そうだ、とスマホに手を伸《の》ばす。

アプリショップを開いて、『カウントダウン』で検索《けんさく》。

『大切な記念日を忘れないためのアプリです』

『設定した日までの時間をカウントして、教えてくれます』と書かれたアプリを落とす。

私の卒業式の日は――まだ日程がわからない。

だから、適当に三月末に設定した。

アプリは、時を刻み始める。

今こうしている間も、一秒ずつ、私は、私が幸せになれる日へ近付いている。

「早く、大人になれますように――」

愛《いと》しいひとに抱《だ》かれながら、その日を想《おも》う。

大丈夫《だいじょうぶ》。

その瞬間《しゅんかん》はきっと、訪《おとず》れる。

＊＊＊

久しぶりに桐原《きりはら》と過ごす土日は、あっという間に過ぎてしまった。同じベッドで寝《ね》て、同じ時間に起きて、一緒《いっしょ》にゲームをして、一緒《いっしょ》に料理を作って、一緒《いっしょ》に食べて、また一緒《いっしょ》に寝《ね》て、……本当に、あっという間だった。

日曜日の夜。食事を終えたあと、俺は支度《したく》を済ませて自宅へ戻《もど》ろうとした。

「それじゃあ、また明日学校でな」

「うん……」

桐原《きりはら》は泣きそうな顔をして俺を見送っていた。気持ちはよくわかる。名残惜《なごりお》しいのは、俺も同じだ。

桐原《きりはら》は玄関《げんかん》で三回のキスと、四回のハグをしてようやく俺と別れることができた。

帰り道も、メッセージでやり取りを続ける。『次の週末が待ち遠しい』『絶対に来てね』という甘い言葉がたくさん飛んでくる。幸せなやり取りだった。

でも、明日からは仕事だ。きちんと切り替《か》えていかないと。

最寄《もよ》り駅《えき》で電車を降りて、自宅へ向かう。

アパートの階段を上がって、通路を歩く。

……他の部屋の住人とは、めったにすれ違《ちが》わない。何故《なぜ》かわからないけど、通路でひとの姿を見るのは稀《まれ》だ。

だけど、今日はひとがいた。

俺の部屋の玄関《げんかん》の前に体育座りをしている人間が。

活発そうな印象を受ける、ショートカットの女性だ。時間は夜で、おまけに外なのに、タンクトップにデニムのハーフパンツ……ずいぶん無防備な格好で座っている。心細そうに両足を抱《かか》えていた人物は俺の気配に気付いて、顔をこちらに向ける。

……おいおい、嘘《うそ》だろ？　と俺は固まる。

「あっ、銀《ぎん》だ。よかったー。やっと帰ってきてくれた」

「ユズ……」

俺の元カノ、高神柚香《たかがみゆずか》に間違《まちが》いない。

立ち上がったユズは、小走りで駆《か》け寄《よ》ってくる。

「お前、こんな時間にどうしたんだ？　っていうか、なんで俺の住所……教えてないよな？」

「ごめん。銀《ぎん》が引《ひ》っ越《こ》したって聞いたあと、付き合ってたころにGPSアプリを入れてたの思い出してさ。なんかのときのために、ってメモってたの」

「はぁっ⁉　勝手に調べてたのかっ？」

GPSアプリの話も当然、初耳だ。

「ごめん、ごめんってばー。怒《おこ》んないでよ。絶対に悪用してないから！　住所をメモしてたのもさ、さっき思い出したくらいだし……」

頭が痛い話だったけど、とりあえず、一度頭から追い出す。長い付き合いだ。ユズの距離感《きょりかん》がバグっているのは、よーくわかっている。いちいち気にしていたら、一向に話が進まない。

「それで、何の用だ？」

「いやさぁ……あたし、彼氏《かれし》と同棲《どうせい》してるでしょ？　でも、さっき別れ話になって、追い出されちゃったの」

「……。『相談がある』って連絡《れんらく》が来てたの、それか？」

「うん。彼氏《かれし》と気まずくなってて、銀《ぎん》に話を聞いてもらいたくて……なのに、銀《ぎん》ったら聞いてくれないんだもん」

むぅっ、とユズの頬《ほお》がむくれる。

「……そういう事情だったのか。それは悪かった」

パッ、とユズの表情が明るくなる。嫌《いや》な予感がした。

「ほんとに？　本当に悪かったと思ってる？　ふふっ、じゃあさ、お願いがあるんだけど」

ユズは人懐《ひとなつ》っこく微笑《ほほえ》みながら、上目遣《うわめづか》いで両手を合わせる。

「今日、泊《と》めてくれない？　いいよね？」

あとがき

およそ十年前、当時二十八歳くらいだった扇風気周《せんぷうきまわる》はフリーランスの皮を被《かぶ》った無職でした。というのも、当時の私は勤めていた会社を色々あって退職したばかりで、「あーもう人生終わったわぁ」と過剰《かじょう》に我《わ》が身《み》を嘆《なげ》いており、「どうせ終わるなら、貯金が尽《つ》きるまで、作家になる夢に挑戦《ちょうせん》しよう」の構えで生きていました。

ご縁《えん》あってゲーム業界で色々と仕事は貰《もら》えていたのですが、その仕事がない期間は無収入、無職。ガンガン減っていく貯金残高に怯《おび》えて暮らす毎日だったのですが、三次選考を通過した作品を電撃《でんげき》文庫編集部に拾い上げてもらい、夢が叶《かな》います。

「人生捨てたもんじゃないなぁ」なんて感じていたのですが、電撃《でんげき》文庫から次の本が出るまでにほぼ十年かかるとは夢にも思わなかったのでした。（メディアワークス文庫ではお世話になっていたのですが、それでも十年は、ちょっとびっくり……）

そんなわけで、電撃《でんげき》文庫様からは本当に久々の新作です。ありがたいことに、デビュー作は今でも時折、「すごく良かったです」とファンレターを頂きます。作品の毛色とパッケージングはずいぶん変わりましたが、今作も、読んだ方に愛される一冊になるよう全力を尽《つ》くしました。楽しんでいただけましたら幸いです。

多少、内輪ネタになりますが、担当さんから「ここまでやるんですね……わかりました。もっとやれ」みたいな反応を引き出せたのは、文章を生業とする身として大変誇《ほこ》らしかったです。どの部分で言われたかは、ご想像にお任せします。スピード違反《いはん》上等でアクセルを踏《ふ》み込めて、幸せでした。おなかいっぱい、夢いっぱい。その部分はそのまま作品のセールスポイントになると見込んでいます。みなさんに受け入れられることを祈《いの》っております。

最後にいくつか謝辞を。

いつもお世話になっている担当編集の近藤《こんどう》さん。今回もたくさん助けていただきました。長い付き合いになっていますが、引き続き、よろしくお願いいたします。

新しく担当になっていただいた井澤《いざわ》さん。イラスト周りでとてもお世話になりました。ラフを見ても「かわいーっ！」しか言わない作家ですみません……もう少し勉強します。今後とも、よろしくお願いいたします。

イラストをご担当いただきましたこむぴさん。ラフを見た瞬間《しゅんかん》「かわいーっ！」って叫《さけ》んでました。本当に可愛《かわい》かったです。素敵《すてき》なデザイン・イラストをありがとうございました！

原稿《げんこう》やタイトルの相談に乗っていただいたコトノハさん、弘前《ひろさき》さんもありがとうございます。今度ご飯おごります。

最後に、今作を読んでいただいた読者の皆様《みなさま》。ありがとうございます。皆様《みなさま》に良《い》い風が吹《ふ》くことを祈《いの》っております。またお会いできるよう、がんばります。

◉扇風気 周著作リスト

「視ル視ルうちに好きになる」（電撃文庫）
「教え子とキスをする。バレたら終わる。」（同）

本書に対するご意見、ご感想をお寄せください。

ファンレターあて先
〒102-8177　東京都千代田区富士見2-13-3
電撃文庫編集部
「扇風気 周先生」係
「こむぴ先生」係

本書は書き下ろしです。

電撃文庫

教《おし》え子《ご》とキスをする。バレたら終《お》わる。

扇風気《せんぷうき》 周《まわる》

2023年7月10日　初版発行

発行者　山下直久
発行　株式会社KADOKAWA
〒102-8177　東京都千代田区富士見2-13-3
0570-002-301（ナビダイヤル）
装丁者　荻窪裕司（META＋MANIERA）
印刷　株式会社暁印刷
製本　株式会社暁印刷

ISBN978-4-04-914818-3　C0193　Printed in Japan

電撃文庫　https://dengekibunko.jp/

電撃文庫創刊に際して

文庫は、我が国にとどまらず、世界の書籍の流れのなかで〝小さな巨人〟としての地位を築いてきた。古今東西の名著を、廉価で手に入りやすい形で提供してきたからこそ、人は文庫を自分の師として、また青春の想い出として、語りついできたのである。

その源を、文化的にはドイツのレクラム文庫に求めるにせよ、規模の上でイギリスのペンギンブックスに求めるにせよ、いま文庫は知識人の層の多様化に従って、ますますその意義を大きくしていると言ってよい。

文庫出版の意味するものは、激動の現代のみならず将来にわたって、大きくなることはあっても、小さくなることはないだろう。

「電撃文庫」は、そのように多様化した対象に応え、歴史に耐えうる作品を収録するのはもちろん、新しい世紀を迎えるにあたって、既成の枠をこえる新鮮で強烈なアイ・オープナーたりたい。

その特異さ故に、この存在は、かつて文庫がはじめて出版世界に登場したときと、同じ戸惑いを読書人に与えるかもしれない。

しかし、〈Changing Times,Changing Publishing〉時代は変わって、出版も変わる。時を重ねるなかで、精神の糧として、心の一隅を占めるものとして、次なる文化の担い手の若者たちに確かな評価を得られると信じて、ここに「電撃文庫」を出版する。

1993年6月10日
角川歴彦

電撃文庫DIGEST　7月の新刊

発売日2023年7月7日

青春ブタ野郎はサンタクロースの夢を見ない
著／鴨志田 一　イラスト／溝口ケージ

「麻衣さんは僕が守るから」「じゃあ、咲太は私が守ってあげる」咲太にしか見えないミニスカサンタは一体何者？　真相に迫るシリーズ第13弾。

七つの魔剣が支配するXII
著／宇野朴人　イラスト／ミユキルリア

曲者揃いの新任講師陣を前に、かつてない波乱を予感し仲間の身を案じるオリバー。一方、ピートやガイは、友と並び立つためのさらなる絆や力を求め葛藤する。そして今年もまた一人、迷宮の奥で生徒が魔に呑まれて――

デモンズ・クレスト2 異界∽顕現
著／川原 礫　イラスト／堀口悠紀子

《悪魔》のごとき姿に変貌したサワがユウマたちに語る、この世界の衝撃の真実とは――。『SAO』の川原礫と、人気アニメーター・堀口悠紀子の最強タッグが描く、MR（複合現実）×デスゲームの物語は第2巻へ！

レプリカだって、恋をする。2
著／榛名丼　イラスト／raemz

「しばらく私の代わりに学校行って」その言葉を機に、分身体の私の生活は一変。廃部の危機を救うため奔走して。アキくんとの距離も縮まって。そして、忘れられない出会いをした。《大賞》受賞作、秋風薫る第2巻。

新説 狼と香辛料 狼と羊皮紙IX
著／支倉凍砂　イラスト／文倉 十

八十年ぶりに世界中の聖職者が集い、開催される公会議。会議の雌雄を決する、協力者集めに奔走するコルとミューリ。だが、その出鼻をくじくように“薄明の枢機卿”の名を騙るコルの偽者が現れてしまい――

わたし、二番目の彼女でいいから。6
著／西 条陽　イラスト／Re岳

再会した橘さんの想いは、今も変わっていなかった。けど俺は遠野の恋人で、誰も傷つかない幸せな未来を探さなくちゃいけない。だから、早坂さんや宮前からの誘惑だって、すべて一過性のものなんだ。……そのはずだ。

少年、私の弟子になってよ。2 ～最弱無能な俺、聖剣学園で最強を目指す～
著／七菜なな　イラスト／さいね

決闘競技〈聖剣演武〉の頂点を目指す師弟。その絆を揺るがす試練がまたもや――「識ちゃんを懸けて、決闘よ！」少年を取り合うお姉ちゃん戦争が勃発!?　年に一度の学園対抗戦を舞台に、火花が散る！

あした、裸足でこい。3
著／岬 鷺宮　イラスト／Hiten

未来が少しずつ変化する中、二斗は文化祭ライブの成功に向け動き出す。だが、その選択は誰かの夢を壊すもので。苦悩する二斗を前に、凡人の俺は決意する。彼女を救おう。つまり――天才、nitoに立ち向かおうと。

この△《さんかく》ラブコメは幸せになる義務がある。4
著／榛名千紘　イラスト／てつぶた

再びピアノに向き合うと決めた凛華の前に突然現れた父親。二人の確執を解消してやりたいと天馬は奔走する。後ろで支えるのではなく、彼女の隣に並び立てるように――。最も幸せな三角関係ラブコメの行く末は……！？

新作　やがてラブコメに至る暗殺者
著／駱駝　イラスト／塩かずのこ

シノとエマ。平凡な少年と学校一の美少女がある日、恋人となった。だが不釣り合いな恋人誕生の裏には、互いに他人には言えない『秘密』があって――。『俺好き』駱駝の完全新作は、騙し合いから始まるラブコメディ！

新作　青春2周目の俺がやり直す、ぼっちな彼女との陽キャな夏
著／五十嵐雄策　イラスト／はねこと

目が覚めると、俺は中二の夏に戻っていた。夢も人生もうまくいかなくなった原因。初恋の彼女、安芸宮羽純に告白し、失敗したあの忌まわしい夏に。だけど中身は大人の今なら、もしかして運命を変えられるのでは――。

新作　教え子とキスをする。バレたら終わる。
著／扇風気 周　イラスト／こむぴ

桐原との誰にも言えない関係は、俺が教師として赴任したことがきっかけにはじまった。週末は一緒に食事を作り、ゲームをして、　恋人のように甘やかす。バレたら終わりなのに、その意識が逆に拍車をかけていき――。

新作　かつてゲームクリエイターを目指してた俺、会社を辞めてギャルJKの社畜になる。
著／水沢あきと　イラスト／トモゼロ

勤め先が買収され、担当プロジェクトが開発中止！？　失意に沈むと同時に、“本当にやりたいこと”を忘れていたアラサーリーマン·蒼真がギャルＪＫにして人気イラストレーター·光莉とソシャゲづくりに挑む!!

レプリカだって、恋をする。
Even a replica falls in love
榛名丼
［イラスト］raemz
16歳、夏。はじめての、青春。
愛川素直という少女の
身代わりとして働く
分身体《レプリカ》、それが私。
本体のために生きるのが
使命……なのに、
恋をしてしまったんだ。
海沿いの街で
巻き起こる
ちょっぴり不思議な
青春ラブストーリー。
応募総数
4,128作品の
頂点
第29回
電撃小説大賞
大賞
受賞作
電撃文庫

クセつよ
異種族で
行列ができる
結婚相談所
～看板ネコ娘はカワイイだけじゃ務まらない～
五月雨きょうすけ
ill. 猫屋敷ぷしお
見習い秘書係のネコ娘、
今日も頑張っています！
第29回
電撃小説大賞受賞作
電撃文庫
特設サイトを
check!!
STORY
訪れるのはワケあり相談者ばかり？
異種族同士の婚活って大変なんです！
ドタバタ婚活ファンタジー、はじまります!!
電撃文庫

My first love partner was kissing
[Iruma Hitoma]
入間人間
[Illustration] フライ
私の初恋相手がキスしてた
私の家に、ある日彼女がやってきて——
STORY
うちに居候をすることになったのは、隣のクラスの女子だった。
ある日いきなり母親と二人で家にやってきて、考えてること分からんし、
そのくせ顔はやたら良くてなんかこう……気に食わん。
お互い不干渉で、とは思うけどさ。あんた、たまに夜どこに出かけてんの？

電撃文庫